# LES

# TROIS HOMMES

# NOIRS

PAR

## LUC-CHARDALL

auteur de

## LA FERME AUX LOUPS

III

PARIS

L. DE POTTER, LIBRAIRE-ÉDITEUR

RUE FONTAINE-MOLIÈRE, 27

# LES TROIS HOMMES NOIRS

# LES
# TROIS HOMMES
# NOIRS

PAR

## LUC-CHARDALL

auteur de

### LA FERME AUX LOUPS

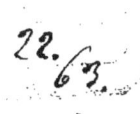

III

PARIS

L. DE POTTER, LIBRAIRE-ÉDITEUR

RUE FONTAINE-MOLIÈRE, 27

1863

LES

# MARIONNETTES DU DIABLE

PAR

## XAVIER DE MONTÉPIN

Annoncer un nouveau roman de l'auteur des *Viveurs de Paris*, des *Viveurs de Province*, et de la *Maison Rose*, c'est annoncer un nouveau succès. — L'immense popularité du jeune et brillant écrivain grandit chaque jour et son nom prend place désormais à côté de ceux de Balzac, de Soulié, de Sand et de Dumas.

Les *Marionnettes du Diable*, nous le croyons fermement, dépasseront la vogue méritée de tous les autres livres du même auteur. — Jamais en effet l'imagination puissante et dramatique qui a créé tant de types étranges et de situations émouvantes, n'a plus solidement tissu la trame vigoureuse d'un roman saisissant, passionné, bizarre, où des aventures d'une incroyable originalité se succèdent et s'enchaînent de façon à tenir le lecteur haletant de curiosité et d'émotion depuis la première page jusqu'à la dernière. — L'intérêt, poussé jusqu'à ses plus extrêmes limites, ne languit pas un instant, et, par un heureux mélange, le rire se mêle aux larmes et la gaîté à la terreur.

Malgré son titre, le roman les *Marionnettes du Diable*, n'est pas fantastique. — Le prologue seul se passe dans le royaume de Satan. — Les marionnettes sont des hommes, et les ficelles à l'aide desquelles le Diable les fait mouvoir à sa guise, on le devine, ce sont les passions. — Avec une telle donnée le romancier devait faire un chef-d'œuvre. — Les lecteurs jugeront bien qu'il n'a point faibli à cette tâche.

---

# LES ÉMIGRANTS

PAR

## ELIE BERTHET

Parmi les romanciers les plus estimés de notre époque, M. Elie Berthet a su conquérir une place à part. Ses ouvrages, pleins de naturel, de vérité, de bon sens, paraissent être plutôt des histoires que des romans. Il ne donne pas dans les travers de certains autres écrivains en vogue, qui, à force de complications, d'événements bizarres et impossibles, arrivent à produire des œuvres aussi obscures, aussi peu intelligibles que déraisonnables. Sa manière est celle du grand romancier anglais Walter Scott, auquel on l'a comparé plusieurs fois; et, comme Walter Scott, tous ses ouvrages sont frappés au coin d'une moralité rigoureuse. Sans écarter les passions violentes, les fautes, les crimes qui existent dans la société humaine, et qui sont un des éléments de l'intérêt dramatique, il ne manque jamais de les blâmer et de les flétrir. Aussi l'appelle-t-on le *romancier des familles*, et, en effet, tout le monde peut lire ses ouvrages, sans crainte de souiller l'imagination, d'altérer son sens moral ou de s'endurcir le cœur.

Ces qualités de M. Elie Berthet sont surtout apparentes dans le beau roman les *Émigrants*, que nous publions aujourd'hui. L'histoire est si simple, si vraie, si touchante, qu'elle semble réelle, et l'on croirait que le romancier a reçu les confidences de quelques-unes de ces pauvres familles qui abandonnent leur sol natal pour aller chercher au loin une vie plus douce et plus prospère. Les causes ordinaires de l'émigration, les fatigues et les dangers auxquels s'exposent les émigrants, leurs illusions naïves, leurs mécomptes, et souvent les catastrophes auxquelles ils succombent, sont exposés avec une grande puissance et avec le plus vif intérêt. Aussi ne doutons-nous pas que le nouvel ouvrage de l'auteur des *Catacombes de Paris*, des *Chauffeurs*, du *Garde-Chasse* et de tant d'autres romans qui ont mérité la faveur du public, n'obtienne en librairie un immense succès.

---

Wassy. — Imprimerie de MOUGIN-DALLEMAGNE.

# CHAPITRE VINGTIÈME

*(Suite.)*

## XX

Marcel était seul depuis quelques minu-

tes et commentait encore sur tous ses sens

la promesse de Cadoudal, lorsque, s'étant

détourné au bruit d'une porte qui venait

de s'ouvrir, il demeura frappé d'une surprise mêlée de ravissement, à la vue de
Marie arrêtée à deux pas de lui, à l'entrée
du salon.

— Marcel ! s'écria la jeune fille avec
une explosion de joie naïve qu'elle n'essaya
pas de dissimuler ; vous ici, déjà ! Ah !
c'est bien, cela ! Cela me prouve combien
vous m'aimez, et je vous en remercie.
Mais pourquoi m'avoir caché si longtemps
que vous serviez, vous aussi, le parti que
nous servons, que vous étiez l'un des gardes

du corps du général Cadoudal, l'un de ses
fidèles hommes noirs ? Vous m'avez trompée, pour le bien, c'est vrai, mais enfin vous
m'avez trompée, et je vous en veux beaucoup, et je vous en voudrai toujours à moins
que vous n'ayez de bien bonnes raisons pour
justifier votre conduite.

Marcel, ainsi mis en demeure, ne fit aucune difficulté de s'expliquer et, entrecou-
pant à chaque instant son récit de paroles
et de protestations d'amour, il raconta à
Marie tout ce qu'il n'avait pu lui raconter

la veille, tout ce qui lui était arrivé depuis
sa première entrevue avec Cadoudal, alors
le capitaine Roland, dans le logis de son
ami France, au vieux bürg d'Heidelberg,
jusqu'au moment où, accourant pour lui
tout dire, à la petite maison des bords du
Rhin, il y était heureusement arrivé juste
à point pour les débarrasser, elle et son
père, de l'audacieuse invasion des agents
de police français. Les événements accom-
plis depuis le matin complétèrent son récit,
que le jeune homme termina en répétant à

Marie la promesse que Cadoudal lui avait faite, d'user de l'ascendant du délégué anglais pour obtenir du comte de Rochefort son consentement à leur union.

Il faut d'ordinaire bien peu de chose pour relever le courage et l'espoir des amoureux. A l'annonce de cette nouvelle, Marie qui, bien des fois déjà depuis qu'elle aimait, avait désespéré, se sentit tout à coup pleine d'espérance et de foi. Mieux que Marcel, elle connaissait l'immense influence que Georges Cadoudal avait sur l'Anglais sir John, mieux que personne elle savait le pouvoir que celui-ci possédait sur un homme du caractère du comte de Rochefort ; elle ne douta plus du succès.

Alors, ivres du bonheur présent, certains du bonheur à venir, les deux enfants, les mains dans les mains, commencèrent de bâtir, à grands frais d'imagination, ces splendides châteaux en Espagne comme en bâtissent tous les amoureux lorsqu'ils se voient arrivés, en idée, à la réussite de leurs désirs.

Nous les laisserons un instant à leurs deux projets pour retourner à sir John, à Cadoudal et au comte qui, en ce même moment, discutaient sur leur sort et en décidaient souverainement.

— Sir, dit Cadoudal, dès que sir John s'étant assis, lui eût fait signe qu'il pouvait commencer, j'ai à vous entretenir en présence de M. le comte, de deux sujets différents, le premier qui concerne l'entreprise à laquelle j'ai voué ma vie, l'autre qui est tout particulier à M. le comte de Rochefort et relativement auquel j'oserai invoquer l'appui de Votre Excellence ; mais avant tout, je dois laisser M. le comte vous faire part d'un évènement dont il a été la victime hier au soir, de la part d'agents de la police française, évènement qu'il est nécessaire que vous connaissiez, car il n'est, je le sais, que la préface d'un évènement semblable qui menace, aujourd'hui ou demain, Votre Excellence elle-même.

— De quoi s'agit-il ? fit l'Anglais se tournant vers le comte.

— Si j'ai bien compris le sens des paroles de M. Cadoudal, répondit le comte de Rochefort en rougissant légèrement au souvenir de la scène qui s'était passée entre Noireau et lui, il s'agit de la perte momentanée, du vol qui m'a été fait violemment, des papiers en ma possession concernant l'entreprise qui nous occupe en ce moment.

Et le comte fit, en quelques mots, le récit de ce qui s'était passé la veille au soir dans sa maison des bords du Rhin.

— Mais, ajouta-t-il en terminant, le malheur est moins grand qu'il ne paraît. Ces

papiers qui n'ont, en fin de compte, qu'une

importance relative, vont m'être rendus :

je les attends d'un instant à l'autre. Je

tiens sous clé le chef de cette odieuse ten-

tative ; j'ai donné ordre de l'amener ici ce

matin et je lui ai signifié que sa vie était

pour moi le gage que les papiers qui m'ont

été volés par un de ses hommes me seraient

immédiatement rapportés.

Un étrange sourire errait sur les lèvres

de Cadoudal pendant que le comte prononçait ces paroles.

— Votre gage court les champs en ce moment, monsieur le comte, dit-il froidement.

— Comment! s'écria le comte.

— Votre gage se nomme Noireau et est l'agent principal du ministre de la police, Fouché. Or, j'ai poursuivi hier toute la journée à outrance, d'Heidelberg à Strasbourg, Noireau, fuyant devant moi, Noireau porteur de vos papiers. Ils doivent être, à l'heure qu'il est, en route pour Paris

à l'adresse du ministre de la police.

— Noireau se serait échappé ! s'écria

M. de Rochefort, décontenancé sous le re-

gard que sir John, qui présidait cette scène,

faisait peser sur lui ; le misérable que j'a-

vais laissé pour le garder l'aurait laissé

fuir !

— Monsieur le comte, dit Cadoudal,

celui que vous aviez commis à la garde de

Noireau est un de mes hommes les plus

sûrs, un de mes hommes noirs, vous devez

le savoir, et, ajouta-t-il avec intention, je vous engage à ne pas lui donner le nom de misérable, car avec l'aide de Son Excellence que j'invoquerai tout à l'heure, j'espère que vous voudrez bien lui donner bientôt un autre nom.

— Je ne vous comprends pas, répliqua le comte avec hauteur.

— Tout à l'heure, fit Cadoudal, tout à l'heure.

— Cette perte est grave, dit l'Anglais, prenant la parole, car ces papiers renfer-

maient la preuve de votre présence ici, général.

— Peu importe à présent, répondit Cadoudal. Ce que je suis venu faire sur les
bords du Rhin est fait. Nos hommes sont
organisés et il ne me reste plus qu'à leur
faire gagner Hambourg par petits détache-
ments et à les diriger sur Dëal où je les
rejoindrai pour embarquer à bord du capitaine Wright qui nous jettera sur la côte de
Normandie. Que la police française me
croie de ce côté du Rhin, tandis que je

serai sur la route de Paris, cela ne peut que nous servir. L'enlèvement des papiers de M. le comte, lesquels ne renferment guère que cela d'intéressant, me paraît donc, toute réflexion faite, un évènement sans importance sérieuse, mais ce qui pourrait avoir des conséquences terribles, non pour moi, mais pour tous les nobles gentilshommes qui, de près ou de loin, partagent nos projets, ce serait que la seconde partie de nos papiers, les plus importants, ceux qui contiennent la liste et le nom de tous, tombassent comme les autres dans les mains de nos ennemis.

— Vous pouvez être sans inquiétude à cet égard, général, dit sir John; ceux-là, je les porte sur moi et ils ne me quittent pas.

— Que Votre Excellence me pardonne, reprit Cadoudal, mais c'est là précisément la cause de mon inquiétude. Noireau, que M. le comte croyait tenir sous clé, Noireau est libre et il n'ignore pas cette circonstance. Je connais Noireau de longue main; ce n'est pas un agent ordinaire. Il fait de la police politique par amour, par dévouement, et il ne recule devant rien, car peu lui importe d'être désavoué, sacrifié même au besoin. Il voudra se procurer à tout prix la seconde partie de nos secrets et je tiens de source certaine que durant la chasse qui va avoir lieu dans les forêts du grand-duc, chasse à laquelle Votre Excellence doit assister, il veut essayer de s'en emparer.

— Vous croyez que ce malheureux oscrait porter la main sur moi! s'écria sir

John indigné.

— Je le crois.

Sir John fit une dizaine de pas dans le

salon.

— Je ne renoncerai pas à cette chasse,

dit-il.

— Je ne me permettrais jamais de de-

mander à Votre Excellence de fuir devant

un Noireau, mais si Votre Excellence veut

s'épargner une résistance pouvant attirer

sur elle et sur nous une attention qu'il

nous faut éviter à tout prix maintenant, je

la conjure de m'accorder la permission d'a-

gir selon mon inspiration au sujet de cette

chasse ; en d'autres termes, je lui demande

carte blanche.

L'Anglais réfléchit un instant.

— Personne n'est plus digne que vous

de ma confiance, général, dit-il; ce que

vous ferez, je l'approuve d'avance, et quoi

que vous fassiez, je vous en serai recon-

naissant.

— A présent, je réponds de tout. J'arrive

maintenant au second sujet que j'avais à traiter, reprit Cadoudal en jetant sur le comte de Rochefort, recueilli dans sa défaite, un regard investigateur ; c'est encore une grâce à implorer de Votre Excellence.

— Je vous ai dit une fois pour toutes, général, que je n'ai rien à vous refuser, répondit sir John gravement.

— Alors, veuillez, je vous en prie, demander à M. le comte de Rochefort, la main de sa fille pour M. Marcel d'Autherny, mon aide de camp, et invoquer en faveur

de mon protégé, les sentiments de défé-
rence que M. le comte professe si haute-
ment pour Votre Excellence.

Rien ne saurait rendre la stupéfaction
furieuse qui se peignit sur le visage de l'or-
gueilleux émigré en entendant ces paroles
de Cadoudal. Ainsi placé, par l'audacieux
partisan breton, dans l'alternative d'accep-
ter pour sa fille un mari qui ne lui conve-
nait sous aucun rapport, ou de se mettre
en opposition formelle avec un désir de
celui qui, plus tard, pouvait le faire com-

bler d'honneurs et de richesses, il demeura
un moment silencieux, étouffé d'embarras
et de colère.

— Vous avez entendu, monsieur de Rochefort ? lui dit sir John. J'ai donné ma parole au général de lui accorder ce qu'il
pourrait me demander. Il réclame mon
intervention auprès de vous, et bien que le
sujet pour lequel il la réclame soit très-
délicat, je dois m'exécuter. J'ajouterai seulement que si la fortune de son protégé ne
vous semblait pas en rapport avec vos pré-

tentions, le parti que je représente se char-
gerait personnellement de combler la dif-
férence.

Le comte avait eu le temps de se remettre et avait pris son parti, un parti extrême, car l'orgueil avait été chez lui plus
fort que l'intérêt.

— Que Votre Excellence daigne me pardonner, dit-il ; j'ai disposé, il y a longtemps
déjà, de la main de ma fille. Ma parole est
engagée, et quelque regret que j'éprouve
de résister à un désir de Votre Excellence,

je prends exemple sur elle ; de même
qu'elle veut tenir la parole qu'elle a donnée
à M. Georges Cadoudal, de même je dois
tenir celle que j'ai donnée à un autre.

— Je n'ai rien à répondre, fit l'Anglais
avec un sourire ambigu. Général, ajouta-
t-il en s'adressant à Cadoudal, je ne puis
que vous exprimer le chagrin que j'éprouve
de n'avoir pas mieux réussi.

Il laissa tomber sur le comte un regard
glacé, salua amicalement du geste Cadoudal radieux et sortit du salon.

— C'est donc la guerre que vous voulez

entre nous, monsieur ? demanda le vieil

émigré, les dents serrées, la face blême,

dès qu'il se vit seul avec Cadoudal.

Celui-ci haussa irrévérencieusement les

épaules regarda une seconde ou deux le

comte en face et, sans lui répondre, lui

tourna le dos.

— Oh ! cet homme ! murmura le comte

avec une rage folle en le suivant des yeux,

cet homme, je le perdrai !

# CHAPITRE VINGT-ET-UNIÈME

# XXI

A cent pieds sous terre.

Cadoudal ne s'était pas trompé, au moins
en partie, sur les causes qui avaient empê-
ché Ludwig de le rejoindre lui et Marcel,

à leur sortie des caves de la maison Francklin.

Ludwig, en effet, s'était égaré.

Après s'être engagé, ainsi que Marcel et
les autres compagnons du chef royaliste,
dans le couloir étroit dont celui-ci avait si
à propos démasqué l'entrée lors de l'arrivée
de Noireau et de ses agents, il avait descendu, à la suite de tous, un escalier conduisant dans les caves immenses qui exis-
taient sous la maison. Aucun des conspirateurs n'avait eu le temps de se munir d'une

lumière, mais tous connaissaient parfaitement les détours de ces souterrains où
étaient emmagasinés les produits de la contrebande de la maison Francklin et C$^{ie}$ ; il
ne leur fut donc pas difficile de se diriger
dans les ténèbres.

Malheureusement pour lui, après quelques minutes de marche, Ludwig, surpris
de ne pas entendre Cadoudal descendre à
son tour derrière eux, se retourna essayant
de voir s'il ne l'apercevrait pas, ou s'il ne
reconnaîtrait point le bruit de ses pas.

Ce temps d'arrêt lui fut fatal.

Quand il reprit sa marche, le silence le plus complet régnait autour de lui et ses compagnons avaient disparu. Supposant alors qu'ils avaient dû marcher fort vite pour se trouver déjà si loin de lui, il se mit à courir, étendant les mains en avant de peur de quelque obstacle, mais n'osant appeler.

Presqu'aussitôt il se heurta violemment contre un mur.

— Diable, se dit-il, il me semble que j'ai

perdu leurs traces, et, à moins que cette
muraille ne s'ouvre par le même procédé
que j'ai vu employer à Heidelberg, il faut
que je cherche un autre chemin pour les
rejoindre.

Il tâta la muraille avec ses mains de haut
en bas, de long en large ; rien ne céda sous
la pression de ses doigts, partout ils ne
rencontrèrent que la pierre.

— Il n'y a pas à me le dissimuler, reprit le jeune homme, je me suis bel et bien
égaré. Que faire maintenant ?

Il s'appuya contre le mur, se croisa les bras, et réfléchit sérieusement.

Évidemment il avait fait fausse route, mais comment retrouver la véritable? Dans tous les cas, pour la trouver, il fallait tout au moins la chercher, et Ludwig se mit aussitôt à l'œuvre, marchant lentement, tâtant les murs, sondant l'espace et s'arrêtant à chaque pas pour écouter si quelque bruit venu du dehors, ne pourrait le guider vers une issue.

Pendant longtemps il n'obtint aucun résultat... Les passages qu'il parcourait se

croisaient en tous sens, et, après les avoir

suivis jusqu'au bout, il rencontrait toujours

dressé devant lui, obstacle infranchissable,

un mur lisse et poli ne rendant qu'un son

plein.

Après une course longue  et fatigante,

il réussit enfin à retrouver l'escalier qui

menait au cabinet de M. Francklin, celui

qu'il avait descendu une heure auparavant,

mais arrivé à la dernière marche, comme

avant, comme toujours, la muraille était

là. Il ne connaissait pas le secret de la
faire s'ouvrir, en supposant qu'elle put
s'ouvrir du dehors en dedans, et, d'ailleurs,
la maison Francklin n'était-elle pas pleine
de gendarmes et d'agents de police qui
s'empresseraient de le jeter en prison à la
première apparition?

Il s'assit découragé sur cette marche.
Mais cet accès de découregement dura
peu, et bientôt il recommença sa course.
Seulement, à présent, son pas, était sac-
cadé et fiévreux, sa respiration haletante,

et celui qui eût put le voir, eût été frappé

de l'altération profonde de ses traits.

C'est que le désespoir et la terreur d'une

mort affreuse commençaient à s'emparer

de lui, et faisaient tourbillonner dans son

cerveau en feu des hallucinations ter-

ribles.

Il courut ainsi longtemps, au hasard, en

aveugle, comme un fou.

Tout à coup il s'arrêta et jeta un cri

d'une joie délirante.

Il venait d'entendre presqu'au dessus de

sa tête un bruit sourd et régulier, comme ferait le battement d'un marteau sur l'enclume.

Il avança, les mains tendues dans la direction d'où ce bruit paraissait provenir, et il tourna un angle de muraille...

Non loin de lui brillait une faible lueur.

Ludwig se frotta les yeux, et les ferma de suite. Il avait peur que ce ne fût un mirage de sa vue, fatiguée de sonder en vain la nuit épaisse qui l'entourait.

Lorsqu'il les rouvrit, la lumière était toujours là, se détachant sur la voûte sombre, bien petite, bien faible d'abord, mais grossissant à mesure qu'il approchait.

Enfin, parvenu immédiatement au dessous d'elle, un bruit formidable, causé, à n'en pas douter cette fois, par le martellement du fer sur l'enclume, éclata à quelques pieds au-dessus de lui, en même temps qu'une voix rude accentuait vigoureusement ce couplet d'une vieille chanson bretonne :

Allons sur la lande,
La lande de Lauvaux,
C'est là qu'on demande
Les garçons les plus beaux.
Pan, pan, pan !
Frappons l'enclume !
Que la forge fume,
Qu'il fasse pluie ou vent !

— Sauvé ! s'écria Ludwig oubliant en un instant toutes ses terreurs, maintenant disparues.

Et, sans s'arrêter à la pensée que cet homme, dont il allait implorer le secours, pouvait être aussi bien un ennemi qu'un ami, il frappa résolument à la voûte.

Le chanteur interrompit aussitôt son travail et sa chanson.

Ludwig redoubla.

Des pas s'approchèrent, et une voix dit :

— *France !*

— Et *Rhin !* répliqua le jeune homme avec ivresse, en même temps qu'il ajoutait intérieurement : Un des nôtres !... je suis doublement sauvé !

Une trappe se souleva, et Ludwig sortit lestement des profondeurs du souterrain à

la stupéfaction visible du forgeron, car c'é-
tait dans une forge qu'il se trouvait alors,
une forge garnie de tous ses attributs, y
compris l'immense cheminée au long manteau conique, dans laquelle brûlait un feu
ardent, dont la lueur, pénétrant à travers
les fentes de la trappe, avait été pour lui
le phare du salut.

A la vue du jeune homme, que la flamme
jaillissant de la forge éclairait alors en
plein, le forgeron eut un mouvement mar-
qué de surprise.

— D'où diable venez-vous par là ? lui demanda-t-il avec une certaine défiance ; et comment se fait-il que vous connaissiez ce passage qui n'est connu que de moi seul ?...

— Et de quelques autres encore, observa Ludwig. Le mot que vous avez prononcé avant de m'ouvrir le prouve assez.

— C'est possible. En tout cas, ce n'est pas vous que j'attendais.

— Je le crois. Aussi pour vous mettre à

l'aise, car je devine que je puis me con-
fier à vous, et que vous êtes un des
nôtres...

Le forgeron laissa échapper à ces mots
un sourire dont l'expression confirma le
jeune homme dans sa confiance.

— Je vous dirai comment il se fait que
j'ai pris ce chemin, ce qui semble si fort
vous surprendre.

Et il raconta ce qui lui était arrivé.

— Allons, dit le forgeron qui avait écouté
avec attention. Tout est pour le mieux

alors. Soyez le bienvenu, et vantez-vous du
bonheur que vous avez eu d'entendre le
bruit de mon marteau ; car vous couriez le
risque de faire dans ces caves un séjour un
peu plus long que vous n'auriez voulu...
Vos compagnons sont sortis par une autre
issue que je vous ferai connaître, afin que
vous puissiez les rejoindre. Il y a déjà longtemps qu'ils sont de l'autre côté de la fron-
tière, et je crois qu'il serait prudent pour
vous de les suivre. Ce que vous m'appre-
nez de la liquidation forcée de la maison

Francklin, me prouve que, moi aussi, je ferai bien de quitter Strasbourg. Ma présence n'y est plus absolument nécessaire. Je vais fermer boutique, et vous accompagner. Mais il faut avant tout que j'avertisse ma fille.

En disant ces mots, le forgeron jeta loin de lui le lourd marteau et les longues tenailles qu'il maniait un instant auparavant avec dextérité, et allant au fond de la forge, appela d'une voix forte :

— Jetta!

— Jetta! répéta Ludwig avec étonne-

ment.

— Est-ce que ce nom vous semble ex-

traordinaire? demanda le forgeron.

— Non, dit Ludwig, mais ce n'est pas

la première fois que je l'entends. Il y a

deux jours, au vieux bürg d'Heidelberg,

j'ai entendu un de mes amis qui y loge,

appeler ainsi la jeune fille qui le servait,

la fille, je crois, du gardien des ruines.

III                                    4

— Il y a dans notre pays plus d'un meu-
nier qui se nomme Jean, répliqua le forgeron en riant. Jetta ! cria-t-il de nouveau.
Allons, fit-il d'un ton de vive contrariété,
elle doit être sortie par la ville, et il nous
faudra l'attendre. Je vais toujours mettre
le temps à profit en pliant bagage.

Il commença de fermer les volets de la
forge, et Ludwig, que ses manières et son
langage surprenaient de plus en plus, pro-
fita de ce qu'il paraissait ne plus faire at-

tention à lui pour le regarder avec plus de soin.

C'était un homme court de taille, massif et trapu ; de larges épaules et un cou de taureau supportaient sa tête carrée, du plus pur type breton, à la bouche large, au nez court et gros, aux petits yeux noirs et étincelants, surmontés d'épais sourcils grisonnant déjà. Un sourire franc et bon se jouait habituellement sur sa bouche, et l'expression dominante de sa physionomie était une expression de joyeuse et bonne humeur.

Il était revêtu du costume habituel d'un ouvrier de son métier ; les manches de sa chemise, retroussées jusqu'aux coudes, découvraient ses bras velus et nerveux. Seulement Ludwig s'étonna qu'ils ne fussent pas plus brûlés et plus hâlés par le feu de la forge.

Le jeune homme terminait son examen, et le forgeron allait achever de pousser le dernier volet de la boutique, lorsqu'un

nouveau personnage parut sur le

seuil.

# CHAPITRE VINGT-DEUXIÈME

# XXII

## Un coup de marteau.

Le nouveau venu était un jeune homme enveloppé d'un manteau et tenant un cheval par la bride.

— Holà ! dit-il au forgeron en lui jetant la bride, mon cheval est déferré ; il s'agit de le ferrer, et promptement.

Il entra dans la forge, et tout en tendant ses mains à la flamme du foyer, roula çà et là un regard inquisiteur.

A la vue de Ludwig, un éclair de haine jaillit de ses yeux, et il fit un mouvement comme pour s'élancer sur lui, mais il se contint.

Ludwig, de son côté, l'avait reconnu.

C'était Jérémie.

Jérémie, après avoir comprimé son premier mouvement de colère, sortit de la forge, et s'approchant du forgeron qui tenait son cheval, lui parla à voix basse.

Aux premiers mots que lui adressa le juif, celui-ci releva la tête et fit un mouvement de surprise.

Puis, un sourire indéfinissable vint relever les coins de sa bouche, une expression étrange, mélangée de raillerie et de menace anima sa figure, ct, quittant le

pied de l'animal qu'il avait l'air d'exa-
miner.

— Rentrons, dit-il, on ne cause pas de
cela en pleine rue.

Il poussa le juif devant lui dans la forge
et il referma la porte, au dedans.

— Maintenant, fit-il, changeant subitement de ton. je crois avoir mal entendu,
je vous prierai donc, monsieur Jérémie
Brœmmer, de répéter un peu ce que vous
venez de me dire.

— Vous me connaissez ! s'écria le juif reculant de deux pas.

— Parfaitement, j'ignore seulement le motif qui vous amène ici, mais comme je sais d'avance que ce ne peut être que quelque méchante action à commettre, vous allez avoir la bonté de nous le dévoiler.

Jérémie, un instant abasourdi, avait eu le temps de se remettre, et, croyant se sauver à force d'audace du mauvais pas où il s'était si étourdiement fourré, il répondit aux paroles du forgeron par un éclat

de rire.

— Le motif qui m'amenait ici, dit-il,

était tout simplement de faire ferrer mon

cheval déferré, parce que je croyais avoir

affaire à un forgeron véritable, mais puis-

qu'au lieu d'un forgeron, je trouve un af-

fidé de la bande du capitaine Roland, je

n'ai qu'à me retirer.

— Pour aller, comme vous en manifes-

tiez l'intention tout à l'heure, chercher la

police et la mettre à nos trousses, n'est-ce

pas? fit le forgeron. Car voilà ce qu'il me

proposait. Il n'y a qu'un instant, jeune

homme, ajouta-t-il en se tournant vers

Ludwig qui assistait silencieux à cette

scène dans laquelle il sentait instinctive-

ment qu'il allait être appelé à jouer un

rôle. Il m'offrait bravement une douzaine

de florins si je voulais vous garder à vue

jusqu'à l'arrivée de ses acolytes qu'il allait

prévenir. Cela n'a pas l'air de vous éton-

ner?

— Nullement, dit Ludwig froidement;
je sais le neveu d'Abraham Brœmmèr capable de toutes les infamies.

Jérémie répondit à cette violente apos-
trophe par un regard chargé de haine.

— Capable au moins de vous faire arrêter tous les deux avant qu'il se passe une
heure! s'écria t-il en s'élançant vers la
porte et en essayant d'en tirer le verrou;
mais alors une main de fer s'abattit sur son
bras et le serra comme dans un étau. C'é-
tait celle du forgeron.

— Pas si vite!... pas si vite!... dit-il
d'un ton goguenard... les espions de Fouché peuvent bien entrer chez Gao, le bat-
teur de fer, mais en sortir, c'est autre
chose.

— Misérable! cria Jérémie se débat-
tant.

— Ne crions pas, cher ami, et tenons-
nous tranquille, continua Gao avec le plus
grand calme, je désire que les choses se
passent sans bruit.

— Malédiction!... rugit Jérémie... pas

d'armes, mes pistolets sont restés dans mes
fontes... ce marteau !...

Bondissant vers l'enclume, il s'empara
d'un des lourds marteaux qui y étaient dé-
posés.

— Maintenant, fit-il, en le brandissant
d'un air de défi, je vous somme de m'ouvrir cette porte...

— En vérité? fit paisiblement Gao.

Ludwig s'était rangé à son côté, tout disposé à prêter à son hôte une aide dont il
ne paraissait guères avoir besoin.

— Ouvrez cette porte!... dit Jérémie.

Le forgeron haussa les épaules :

— Alors, malheur à vous! cria Jérémie.

Il se lança sur lui en lui portant un furieux coup de l'arme qu'il s'était improvisée, mais son adversaire l'esquiva, et avant que le juif eût pu relever la lourde masse de fer, le forgeron la lui arrachait et la jetait à l'autre extrémité de l'atelier.

Jérémie désarmé recula jusqu'à la porte.

— Ah çà... vil coquin, tu as donc bien envie de te faire assommer, dit Gao en faisant un pas vers lui, la main levée prêt à l'écraser du premier coup.

Ludwig l'arrêta.

— Permettez, dit-il. Entre cet homme et moi il y a assez de sujets de haine pour que je me charge seul du soin de l'empêcher de nous nuire en vendant à nos ennemis le secret de notre présence. Il faut qu'il meure et qu'il meure de ma main.

— C'est différent, fit Gao. Chacun ses petites affaires.

Et il se recula discrètement laissant les deux jeunes gens en face l'un de l'autre.

Ludwig était pâle, mais une vive résolution éclatait dans ses yeux.

Jérémie, lui aussi, était pâle et ses dents claquaient autant de rage que d'effroi.

— Nous n'avons d'armes ni l'un ni l'autre, lui dit Ludwig, mais nous pouvons en trouver aisément sans sortir d'ici. Voici la mienne, choisissez la

vôtre.

En parlant ainsi, Ludwig avait ramassé

un marteau à manche court et flexible et

désignait du doigt une demi-douzaine

d'instruments semblables épars sur le

sol.

— Me battre avec cela? fit le juif à qui

cette nouvelle espèce de duel paraissait

plaire assez peu.

— Avez-vous peur ? lui demanda Lud-

wig.

— Peur ! s'écria Jérémie dont les lèvres blémies tremblèrent.

Il sauta sur une arme pareille à celle de Ludwig et se précipita sur lui,

Le combat commença.

Gao, les bras croisés, tranquillement assis sur un coin du massif de la cheminée, examinait les combattants avec intérêt, et chaque fois que Ludwig parait un coup ou en portait un à son adversaire, il exprimait sa satisfaction par un geste et un mot d'encouragement.

La lutte fut longue ; les deux ennemis étaient tous deux jeunes, robustes et alertes ; si Jérémie avait l'avantage de la taille, Ludwig avait plus de souplesse ; et il était de sang-froid.

Ce sang froid irritait le juif qni voulut faire un dernier effort pour écraser son rival. Saisissant son marteau à deux mains, il le fit tournoyer au-dessus de sa tête. L'arme terrible allait s'abattre sur celle de Ludwig, aussi inexorable dans son œuvre de destruction que l'eût pu être une épée, lorsqu'un coup violent fut frappé à la porte

fermée à l'intérieur, et troubla Jérémie une

seconde.

Cet incident sauva l'amant de Sarah.

Par un bond de côté, il évita le coup

dont il était menacé, et son arme, frappant

le juif entre les deux yeux, le fit rouler à

ses pieds comme une masse.

En entendant frapper, Gao s'était em-

pressé de regarder à une petite fenêtre pla-

cée à côté de la porte.

— Il était temps que vous en finissiez, dit-il à Ludwig encore tout ému de sa victoire, voici les compagnons du coquin qui viennent nous faire visite.

Ludwig s'était penché sur le corps de son rival pour s'assurer s'il était mort ou seulement étourdi.

— Venez donc ! lui cria à voix basse Gao déjà à demi plongé dans la trappe, avez-vous envie de tomber entre les griffes de ces gens-là ?...

Le jeune homme s'empressa de le suivre

et disparut à son tour par l'ouverture que
le forgeron referma en assujétissant la
trappe par deux fortes barres de fer...

Au même instant, la porte de l'atelier
volait en éclats.

# CHAPITRE VINGT-TROISIÈME

## XXIII

Où Noireau qui croyait forcer un sanglier est obligé
de se contenter d'un ragot.

Le lendemain de ce jour, environ deux
heures avant le soleil, un groupe d'hommes
était réuni dans un épais fourré à vingt

pas de l'endroit appelé le carrefour de l'E-
lecteur, dans la forêt de Kehl.

Parmi ces hommes, porteurs en général
de physionomies fort peu rassurantes pour
quiconque les eût aperçus à cette heure
indue et dans ce lieu désert, se trouvaient
deux de nos anciennes connaissances, Noireau et Barnabé, son acolyte favori après
le digne Séraphin, absent pour le moment,
plus un troisième personnage dont nous
avons entendu prononcer le nom par le
capitaine Roland dans la conversation qu'il

avait eue deux jours auparavant, à la bras-

serie du *Roi de Brabant* à Heidelberg, avec

Trenck, l'un des garde-chasse du grand-

duc de Bade.

Noireau paraissait de fort méchante hu-

meur, il était occupé dans cet instant à

tancer ce troisième individu, revêtu, lui

aussi, de l'uniforme des gardes forestiers

du grand-duc.

Ce troisième individu portait le nom de

Marx.

On se rappelle que le capitaine Roland avait voulu faire griser ledit Marx par son camarade Trenck, et que celui-ci avait refusé sous prétexte que Marx boirait le foudre d'Heidelberg sans être pour cela ému le moins du monde. Roland, — ou plutôt Georges Cadoudal, — avait, sur cette assurance, renoncé à son dessein, et avait remis à Trenck un petit flacon contenant une liqueur rougeâtre, dont six gouttes, avait-il dit, versées dans un verre de vin, devaient produire sur Marx un effet complètement identique à celui qu'aurait produit sur l'honnête Trenck lui-même un nombre raisonnable de bouteilles de vin.

Or, il paraît que Trenck avait consciencieusement exécuté les ordres qu'il avait reçus, car son camarade Marx était, ou paraissait être, en ce moment, dans un état complet d'ivresse.

Noireau semblait avoir des envies féroces d'étrangler le malheureux, dont il ne pouvait tirer deux paroles sensées.

— Enfin, répondras-tu à ce que je te de-

mande, triple brute! s'écria-t-il, au comble
de l'exaspération... Réponds!... mais ré-
ponds-donc... continua-t-il en le secouant
avec rage.

— Hein?... Qu'est-ce que vous voulez?
bégaya Marx d'une voix épaisse.

— Ce que je veux?... savoir si c'est bien
ici que la chasse passera? et quand elle
passera?... il y a déjà longtemps que nous
attendons!...

— Qui? quoi? Qu'est-ce que nous attendons?

— La chasse, brute ! la chasse !

— La chasse?... Qu'est-ce que vous lui

voulez à la chasse?

— Il n'y a rien à tirer de ce misérable !

grommela Noireau avec colère.

— Vous êtes donc un chasseur, vous, un

fameux chasseur? continua le garde en in-

terlignant chacun de ses mots d'un hoquet.

Des chasseurs ! il n'y en a qu'un, c'est moi,

qui est ce qui tire aussi bien que moi, ici ?

pas un ! personne ! Je vais vous tirer quel-

que chose, moi. Attends un peu !

Il souleva sa carabine d'une main incer-
taine, et ajusta Barnabé, qui surveillait,
dans une petite clairière à quelque pas de
là, une voiture de poste attelée de quatre
chevaux et postillon en selle.

Barnabé, qui avait le sentiment de la
conservation personnelle développée à un
très-haut degré, jeta un cri d'épouvante.
Heureusement Noireau, d'un coup de sa
canne, rabattit l'arme de l'ivrogne à terre,
et son prudent acolyte en fut quitte pour
la peur.

— C'est étrange, se dit Noireau, sans plus s'occuper du garde ivre. C'est étrange, que cet homme se trouve dans cet état juste au moment où j'ai besoin de lui. Et Séraphin qui me manque ; Séraphin que j'ai laissé à Manheim, qui devait me rejoindre hier à Strasbourg et qui n'a pas encore paru ! Qu'y a-t-il là-dessous ?

Il se promena quelques instants pensif, et tira, de sa poche, une feuille de papier qu'il lut attentivement.

— Après tout, avec ce signalement, je

pourrai peut-être me passer de cet ivrogne.
Hum!... c'est un peu risqué ce que je vais
faire, là, murmura-t-il à demi voix, en
marchant de long en large sur la lisière du
taillis, à quelques pas de ses hommes;
c'est très-risqué! Si j'ai mal compris mes
instructions ou si je les ai trop bien com-
prises, ce qui revient au même, je serai
désavoué, sacrifié! n'importe, j'aurai fait
mon devoir. Il faut que cette odieuse conspiration échoue, et pour qu'elle échoue, il
faut la frapper à la tête.

Il regarda à sa montre.

— Huit heures déjà, dit-il, et rien ne vient !

Il se coucha à plat-ventre sur le sol et mit l'oreille contre terre.

Pendant un assez long temps, il n'entendit rien...

Une bise froide et piquante sifflait dans les branches dépouillées des grands arbres ; un soleil sans chaleur étincelait dans le ciel d'un bleu d'acier, quelques bandes de corneilles tournoyaient dans l'espace avec de rauques clameurs, et, dans les intervalles,

le tapottement du pivert contre les troncs

sonores rompait seul le silence.

Noireau avait tous les sens aussi fins que

ceux d'un Indien des prairies. Après quel-

ques minutes d'attention, il lui sembla qu'un

autre bruit se mêlait à ces bruits de la

forêt.

Il écouta encore, et se levant d'un bond,

courut à ses hommes...

Il n'y avait plus de doute possible, le

bruit qu'il avait entendu, c'était le bruit

des pas de chevaux.

— Attention! dit-il à voix basse, que la

moitié d'entre vous, avec Barnabé, passe

de l'autre côté de la route, et se tienne

prête à s'élancer à mon signal; occupez-

vous des hommes qui composeront la suite,

maintenez-les seulement... surtout pas de

coup de feu... le moins de bruit possible!...

— Mais la voiture, qui la gardera? ob-

jecta Barnabé, qui se sentait peu de goût

pour le poste d'attaque que lui assignait son chef.

— Elle se gardera seule... obéissez, répliqua Noireau d'une voix brève, voyant que son acolyte se disposait à faire encore quelque observation.

Barnabé baissa la tête en silence, et traversant rapidement la route, alla se tapir avec ses hommes dans le fourré opposé...

A peine avaient-ils disparu dans le taillis, que deux cavaliers se dessinèrent à l'extrémité de la longue percée qui leur faisait face.

Ces deux cavaliers marchaient au petit pas de leurs chevaux.

L'un paraissait d'une corpulence assez forte, l'autre, plus mince et plus élancé, était enveloppé d'un manteau, et son feutre gris était rabattu sur son visage qu'abritait encore le collet relevé d'un manteau.

— C'est bien lui, se dit Noireau qui, effacé derrière un énorme sapin, tenait son œil fixé sur les arrivants... c'est bien lui !...

Il relut le signalement qu'il tenait à la main...

— La taille, la façon de porter la tête, la chevelure que j'aperçois sous son feutre ; jusqu'à la robe du cheval qu'il monte habituellement, allons, tout va bien ! cette brute m'était inutile, ajouta-t-il en poussant du pied avec mépris le garde-chasse qui avait roulé au pied d'un arbre et dormait maintenant d'un superbe sommeil.

Il reporta son regard vers les deux cavaliers et étouffa un cri de joie.

— Je ne me trompe pas !... c'est Georges Cadoudal lui-même qui l'accompagne ! Allons, allons, j'avais tort de désespérer... ma chasse aussi sera bonne !...

Et il mit à ses lèvres un sifflet d'argent, prêt à donner le signal.

Les cavaliers s'approchaient toujours tranquillement, sans paraître se douter du piége qui leur était tendu.

— Ainsi vous avez bien compris ? disait l'un des deux.

— Parfaitement, répondit le second.

— Ces coquins sont cachés là-bas vers
ce buisson de houx, probablement ils se
sont séparés en deux troupes et nous assail-
leront des deux côtés à la fois. Vous savez ce que vous avez à faire alors?

— Oui, répondit une voix que Marie de
Rochefort eût aussitôt reconnue, car c'était
celle de Marcel ; oui, général, tourner
bride comme pour m'enfuir, et me laisser
prendre.

— Surtout sans résistance, ou du moins

avec la résistance suffisante seulement pour

ne pas éveiller tout de suite les soupçons.

— Puisque vous le désirez, général, je

ne ferai pas de résistance.

— Je n'ai pas besoin de vous assurer

que vous ne courez aucun danger. Une

douzaine de mes Bretons, bien armés, at-

tendent, au bout de l'avenue, la voiture

qui vous emportera et la première démons-

tration de leur part suffira pour vous dé-

livrer.

— Je ne crains pas le danger, général,

répondit laconiquement Marcel ; je le désire au contraire.

— Vous dites cela, mon jeune ami,
comme un homme absolument découragé.

— Je le suis en effet, général. La façon
dont le père de Marie a reçu votre requête
en ma faveur, m'enlève toute espérance.
Les gens qui vont me prendre, pourront
faire de moi ce qu'ils voudront lorsqu'ils
auront reconnu l'erreur où je vais les faire
tomber ; je ne lèverai pas un doigt pour
éviter mon sort.

— Sottise, jeune homme, sottise. Rapportez-vous-en à un homme qui a plus vécu que vous. La vie est remplie de soubresauts, de péripéties qui changent quelquefois en bien peu de temps les positions et les idées les plus arrêtées. Il ne faut jamais désespérer.

Le jeune homme fit un geste de triste résignation et allait sans doute répliquer. Cadoudal ne lui en laissa pas le temps.

— Attention ! lui dit-il rapidement à voix basse... quelque chose a remué dans le fourré, là, à vingt pas devant vous. Ce

sont eux !...

A peine avait-il achevé ces paroles, qu'un

sifflement aigu retentit, et que, des deux

côtés de la route, s'élancèrent une dizaine

d'hommes le pistolet au poing. Une partie

se jeta sur Marcel, qui, tournant aussitôt

la tête de son cheval, fit mine de vouloir

s'échapper...

— Sauvez-vous, sir John ! cria Georges

d'une voix de stentor ; sauvez-vous !...

Entouré déjà lui-même, il asséna un furieux coup du manche de son fouet de chasse sur le crâne de Barnabé qui s'était jeté à la bride de son cheval, et l'envoya, d'un coup de poitrail de l'animal, rouler dans le fourré; puis, enfonçant les éperons dans les flancs de sa mouture, il lui fit faire un bond prodigieux par-dessus ses assaillants stupéfaits, et disparut bientôt au détour de la route.

— Cet infernal Breton m'échappe encore une fois! s'écria Noireau, qui, placé à l'écart avait suivi d'un regard anxieux tous les épisodes précipités de cette scène.

Par bonheur, sur les deux, il m'en reste un et c'est le plus intéressant.

En effet, Marcel, saisi et enlevé de dessus son cheval par une dizaine de bras vigou- reux, avait été, en moins de temps qu'il n'en faut pour l'écrire, transporté dans la chaise de poste et se trouvait déjà, suivant les ordres donnés d'avance par Noireau, placé sur la banquette du fond entre deux hommes, le menaçant chacun d'un pistolet armé.

Noireau s'approcha vivement de la voiture, et, tout en approchant, il faisait à part-lui, cette réflexion pleine de sens :

— C'est bien étrange que Cadoudal se soit ainsi sauvé, laissant dans mes mains une pareille capture. Il doit y avoir quelque chose là-dessous.

En ouvrant la portière de la voiture pour franchir le marche-pied, il ôta respectueusement son chapeau et, saluant profondément.

— Que Votre Excellence daigne me pardonner, dit-il, et veuille bien attribuer aux seules exigences de mon devoir, le manque de respect que je suis forcé de lui témoigner.

Il s'assit sur la banquette de devant, en face du prisonnier qui n'avait pas cru devoir répondre à ces paroles, et se tournant vers le postillon :

— Route de Strasbourg, et ventre à terre ! cria-t-il.

La voiture partit comme une flèche.

Marcel, enfoncé dans les coussins entre

ses deux gardiens, son chapean abaissé jusque sur ses yeux et le collet de son manteau remonté jusqu'à ses oreilles, n'avait
pas encore fait un mouvement ni prononcé
un mot.

Un étrange soupçon qui avait déjà tra-
versé son esprit, il y avait quelques minutes, s'empara de nouveau de l'agent de Fouché, à l'aspect de ce mutisme et de cette
immobilité.

— A présent que nous sommes assez éloignés de la chasse pour que je n'aie plus à

craindre que nous soyons dérangés, dit-il

tout à coup, je prendrai la liberté de pro-

poser à Votre Excellence de me remettre

les papiers dont il est porteur. Dès qu'ils

seront entre mes mains, Votre Excellence

sera libre.

— A présent que nous sommes assez

éloignés pour que je sois certain que vous

ne pourrez recommencer une tentative qui

vous a si bien réussi, répondit une voix que

Noireau se rappela avoir entendue déjà

quelque part, je ne ferai plus aucune difficulté pour vous affirmer que je n'ai sur moi aucun papier et que, dans la chasse que vous avez entreprise, vous avez complète-ment perdu la voie. Où vous avez cru chas-ser un sanglier, vous avez levé tout au plus un ragot. C'est une chasse manquée, M. Noireau.

Marcel avait enlevé son chapeau et dé-couvrait aux yeux ébaubis de l'agent, le visage de l'homme noir, qui, dans la petite maison des bords du Rhin, était venu pré-

ter main forte au comte de Rochefort contre lui.

Noireau poussa un rugissement de
bête féroce, et retomba anéanti sur la banquette.

Il venait enfin de reconnaître, dans la
mystification dont il avait été dupe, la main
de son irréconciliable ennemi, Georges Cadoudal.

— Soit, dit-il après quelques instants de
silence, et avec une colère froide; vous
paierez pour tous. Si je ne peux fournir,

comme je le voulais, les preuves écrites du complot dont vous êtes au moins l'un des complices, j'en fournirai avec votre personne, les preuves verbales. Car vous parlerez ; il faudra bien que vous parliez !

— Mon cher monsieur, repartit tranquillement Marcel, je ne sais pas ce que vous avez l'intention de faire de moi. Quoique ce soit, je vous jure que cela m'importe peu. Mais ce que je puis vous affirmer, c'est que je ne dirai que ce que je voudrai, c'est-à-dire absolument rien. Maintenant vous plait-il de me renseigner sur ce que vous avez décidé à mon égard ?

— Dans deux heures vous serez à Strasbourg, dans quatre jours vous serez à Paris, répliqua séchement Noireau. Là, je vous remettrai aux soins d'une personne qui en a fait parler de plus entêtés que vous.

Marcel haussa imperceptiblement les épaules, à cette menace.

— J'ai un si grand désir de m'éloigner

de ces lieux en ce moment, dit-il, que votre

projet de m'emporter ainsi jusqu'à Paris,

bien que vous ne m'ayez pas consulté d'a-

vance à ce sujet, me sourit tout à fait. Pour

vous le prouver, tout votre prisonnier que

je suis, je prendrai la liberté de vous don-

ner un conseil : c'est celui de faire suivre

à votre postillon, pour sortir de la forêt,

une avenue autre que celle-ci, celle que

vous voudrez, pourvu que ce ne soit pas

celle que nons suivons.

— Pourquoi ? demanda Noireau avec défiance.

— Par une raison fort simple. Vous ne supposez pas, sans doute, que je sois venu sciemment me faire saisir par vous, au lieu et place de celui que vous attendiez, sans avoir, au préalable, pris toutes mes précautions pour vous échapper, s'il m'en venait l'envie ; que celui-là même qui m'a amené dans votre embuscade ne s'est pas fait une loi de me retirer promptement de vos mains. A un quart de lieue d'ici, au bout de cette

avenue, vous allez vous trouver en présence
d'une troupe d'hommes résolus qui me dé-
livreront, au besoin, malgré moi. C'est afin
de ne pas être délivré, c'est afin de
fuir loin, bien loin d'ici, que je vous
avertis.

Noireau fixa un instant sur les yeux du
jeune homme son regard de basilic.

— C'est bien, dit-il, je vous crois, et
comme je tiens à votre compagnie, au moins
autant que vous pouvez tenir à la mienne,
je vais faire ce que vous désirez.

La voiture, sur l'ordre de Noireau, chan-
gea de route.

Une demi-heure après, la lisière de la
forêt était franchie sans encombre et Marcel, redevenu silencieux et triste, roulait
rapidement vers Strasbourg.

# CHAPITRE VINGT-QUATRIÈME

# XXIV

Mademoiselle Jetta.

Nous avons abandonné France, l'ex-lieutenant du capitaine Roland, comme il quittait la maison Francklin, quelques instants

avant la descente qu'y avait faite Noireau à la tête de la police de Strasbourg.

Le loyal jeune homme éprouvait une tristesse profonde de se séparer de ses deux amis dans les conditions où il les laissait. Raisonnant, et en honnête homme, et en homme sensé, il ne voyait dans la tentative de complot, que venait de lui révéler Cadoudal, que crime et que folie. Cette entreprise désespérée du parti royaliste aux abois, à laquelle il avait refusé avec indignation toute participation directe ou indirecte,

avait au contraire été acclamée et acceptée
par Ludwig et par Marcel ; et, dans la pré-
vision d'une catastrophe inévitable et terrible pour tous ceux qui auraient, de près
ou de loin, trempé dans le complot lorsqu'il serait découvert, il tremblait d'avance
pour les deux compagnons qu'il aimait
d'une amitié de frère. Un remords réel se
mêlait à ses craintes. N'était-ce pas à lui
qu'ils devaient d'avoir connu Cadoudal ?
N'était-ce pas lui et lui seul qui les avait
poussés au bord du précipice dans lequel

ils menaçaient de s'engloutir, en les appelant, ainsi qu'il avait fait deux jours auparavant, dans les ruines du vieux bürg
d'Heidelberg et en les initiant à ce qu'il
croyait être de simples affaires de contrebande ? Ne serait-il pas dès lors morale-
ment responsable du malheur qui pouvait
les frapper plus tard ?

France faisait ces réflexions pénibles en
suivant à pas lents le chemin de l'hôtellerie
où il logeait d'habitude pendant ses séjours
momentanés à Strasbourg. Lorsqu'il y ar-

riva, il avait pris avec lui-même une résolution généreuse dont les effets pouvaient,
il l'espérait du moins, contrebalancer autant que possible, la part involontaire qu'il
s'attribuait dans le sort futur de ses deux
amis.

— Maintenant que j'ai repoussé comme
je le devais les propositions du chef de parti
royaliste, s'était-il dit, toute démarche pour
me rapprocher de Ludwig et de Marcel,
pour les voir seulement de temps à autre
et veiller sur eux, pourrait être mal com-

prise et rapportée à un tout autre motif que celui qui me ferait agir. Je ne puis ni ne veux d'ailleurs me mettre en travers des projets que j'ai reniés. Il faut que ce qui doit s'accomplir s'accomplisse. Mais si je ne puis les empêcher de se perdre, je peux au moins essayer de les sauver lorsqu'ils se seront perdus. C'est à Paris que les plans de Cadoudal recevront leur exécution ; à cet égard, il n'y a pas à conserver le moindre doute ; c'est à Paris que j'irai.

Qui sait? le cœur de l'homme a des profondeurs secrètes que le plus déterminé n'ose pas toujours sonder. Qui sait si, dans cette généreuse résolution de France de quitter l'Allemagne pour aller à Paris veiller sur ses deux imprudents amis, n'entrait pas, pour beaucoup, la disparition si subite des ruines du château d'Heildelberg, de sa jolie ménagère, Jetta, la charmante fille du gardien Schmitt?

Le jeune homme était riche, riche relativement. Il possédait une trentaine de mille francs, produit de son association de contrebande avec le généreux capitaine Roland ; l'argent ne l'arrêtait donc pas.

En quarante-huit heures, il régla toutes ses affaires à Strasbourg, acheva tous ses préparatifs, et le soir du second jour après celui où il avait laissé ses amis dans le cabinet de la maison Francklin, il sortait de son hôtellerie, sa petite valise à la main, et se dirigeait vers les bureaux de la poste où il allait prendre un cheval.

Au détour d'une rue, un cri poussé par

une voix de femme lui fit soudain lever la
tête.

Une jeune fille, revêtue du costume des
paysannes du Brisgau, et enveloppée d'une
mante dont le capuchon dissimulait ses
traits, était arrêtée devant lui, les mains
nerveusement entrelacées et le corps agité
d'un tremblement convulsif.

France fit un pas vers elle et allait demander la cause de son émotion, quand elle
rejeta vivement son capuchon en arrière
et découvrit sa figure.

Le jeune homme, à son tour, jeta une exclamation de surprise et de joie.

— Jetta !... s'écria-t-il.

La jeune fille mit un doigt sur ses lèvres en jetant un regard effrayé autour d'elle.

La rue était à peu près déserte, et les quelques rares passants qui s'y trouvaient marchaient rapidement, le nez dans leurs manteaux et les mains dans leurs poches, plus soucieux de gagner au plus vite leur logis que d'observer les gens qu'ils rencontraient.

— Comment se fait-il que je vous retrouve ici? dit France à demi-voix ; pour quelle raison avez-vous si vite quitté le vieux château, là-bas, à Heidelberg?

— Oh! c'est une triste histoire, monsieur France, répondit la jeune fille d'une voix désolée.

— Expliquez-vous vite. — Qu'est-il arrivé?

— Un grand danger menace mon père...

— Schmitt?...

— Je puis vous dire cela maintenant,

répondit la jeune fille, mon père ne s'ap-
pelle pas Schmitt, il est à Strasbourg, et il
se trouve dans un péril imminent.

— Lequel?

— Celui de tomber entre les mains de la
police française...

— Comme complice des contreban-
diers?

— Si ce n'était que cela!... non, monsieur France, comme complice d'une conspiration.

— D'une conspiration, dites-vous? s'écria le jeune homme, je comprends tout !

votre père est un des compagnons de...

Il se pencha à son oreille, et murmura

le nom de Georges Cadoudal.

— Oui, répondit Jetta ; il a quitté Heidel-

berg il y a deux jours sur l'ordre du géné-

ral pour venir ici, dans le logis qu'il oc-

cupe sous le nom de Gaô le forgeron, lors-

que sa présence est nécessaire à Stras-

bourg... Ce matin j'étais sortie par la ville

et comme je rentrais, en m'approchant de

la maison, j'ai trouvé la rue pleine de gen-

darmes et de gens de mauvaise mine... j'ai
écouté ce qu'on disait...

— Et que disait-on ?

— Que le forgeron Gaô s'était sauvé
avec un de ses complices, après avoir assommé un des agents venus pour l'arrêter;
on ajoutait que du reste il ne pouvait
échapper, attendu que la communication
de sa forge avec les caves de la maison
Francklin, où se trouvait le quartier général de la conspiration, était découverte, et
que toutes les issues étaient gardées...

France avait réfléchi profondément en écoutant la jeune fille.

— Toutes les issues sont gardées, avez-vous entendu dire à ces hommes? lui demanda-t-il.

— Toutes, répondit-elle.

— Il y en a donc d'autres que celles de la maison du forgeron?

— Oui, une autre.

— Où donc est-elle?

— Dans une rue isolée, derrière le jardin de la maison Francklin.

— Cette rue, la connaissez-vous ?

— Je la connais, ainsi que la maison

dans laquelle aboutit cette issue.

— Venez alors, car il n'y a pas un ins-

tant à perdre ; venez, mademoiselle, ajouta

le jeune homme, employant pour la pre-

mière fois, à l'égard de la jeune fille, cette

appellation à laquelle il sentait instinctive-

ment qu'elle avait droit.

— Oh ! merci ! monsieur France, merci,

s'écria Jetta avec chaleur, c'est le ciel qui

m'a fait vous rencontrer!... vous sauverez
mon père!...

— Je ne sais si je le sauverai, dit simplement France, mais ce que je sais, c'est que
je ferai tout ce qu'il est humainement possible de faire.

Si la soirée n'avait pas été si sombre,
Jetta aurait pu voir les yeux bruns du jeune
homme se fixer sur elle avec une expression ardente, pendant qu'il prononçait ces
paroles.

Mais, heureusement qu'il faisait sombre,

car lui, de son côté, aurait peut-être aperçu

dans ceux de la jeune fille une douce lueur

qui était bien un peu vive pour n'avoir

d'autre cause que la reconnaissance...

# CHAPITRE VINGT-CINQUIÈME.

## XXV

Bloqués !

Schmitt, ou le forgeron Gaô, ou plutôt le baron de Penhoët, car nous savons déjà que Schmitt et le baron ne font qu'un, le père de Jetta enfin, et par suite Ludwig, se trou-

vaient, en effet, en ce moment, dans une
position véritablement critique.

Après avoir assommé Jérémie d'un coup
de marteau rudement appliqué entre les
deux yeux, Ludwig avait suivi le baron et
tous deux, laissant les agents de la police
maîtres de la boutique du forgeron, s'étaient
de nouveau replongés dans les profondeurs
des caves, où le premier venait de passer
plusieurs heures à chercher son chemin.

Mais maintenant Ludwig avait deux choses qui lui avaient manqué la première fois,

ces deux choses étaient un guide d'abord, une lumière ensuite.

Le forgeron déclarait parfaitement connaître tous les détours de ces caves, et, après avoir barricadé la trappe, il avait battu le briquet et allumé une lanterne sourde qui leur servit à se diriger d'un pas assuré vers un angle du souterrain, le plus éloigné de l'escalier de la forge.

— La trappe est solide et il s'écoulera bien un quart d'heure avant qu'ils l'aient enfoncé, dit le baron tout en marchant...

nous avons le temps de gagner l'issue qu'ont
prise le général et ses hommes, quand vous
avez perdu votre chemin... Nous y sommes,
ajouta-t-il en s'arrêtant bientôt.

Ludwig regarda.

Il n'aperçut rien qui lui parût révéler
l'existence d'une issue quelconque, si étroite
qu'elle fût.

Le baron riait silencieusement de l'éton-
nement de son compagnon...

— Vous paraissez douter que nous puis-
sions sortir par là ? fit-il.

— Ma foi ! répliqua Ludwig, depuis que je me suis fait conspirateur, c'est-à-dire depuis tout au plus vingt-quatre heures, j'ai déjà vu tant de choses sortant des habitudes de la vie ordinaire, que je me sens disposé à ne plus m'étonner de rien.

— A la bonne heure ! dit le baron.

Il se baissa, et montra dans l'angle de la muraille, au niveau du sol, un trou circulaire que Ludwig n'avait pas remarqué.

— Voilà notre chemin, dit-il.

— Très-bien.

— C'est l'orifice d'un puits.

— Je le vois maintenant, dit Ludwig, et

c'est, par parenthèse, fort heureux que je

ne l'aie pas rencontré tout à l'heure lorsque

je courais au hasard dans les ténèbres.

— Fort heureux, en effet. Nous allons

donc descendre dans ce puits.

— Comment dites-vous ? s'écria le jeune

homme.

— Je dis que nous allons descendre dans

ce puits...

— J'entends bien, mais je ne comprends

pas.

— Car c'est à lui seul que nous devrons

d'échapper aux limiers qui nous traquent,

et qui ne tarderont pas à être ici. Les en-

tendez-vous s'escrimer là-haut ?

Des coups sourds, annonçant que ceux

qui les poursuivaient, étaient en train d'en-

foncer la trappe de la forge, arrivaient en

effet jusqu'à eux.

— Diable !... fit Ludwig, se penchant sur

l'orifice du puits dans lequel la lanterne

sourde du baron dessinait un cercle lumi-
neux à la surface de l'eau verdâtre que l'on
apercevait à une cinquantaine de pieds de
profondeur, diable ! le chemin est assez
singulier !...

— Que voulez-vous ! nous n'avons pas
le choix, et d'ailleurs, je vous promets qu'il
n'est pas à beaucoup près aussi désagréable
qu'il le semble. Vous allez bientôt vous en
convaincre par vous-même.

Le jeune homme hocha la tête d'un air
d'hésitation fort naturel.

Le soi-disant forgeron continua avec un

sang-froid plein de mansuétude...

— Voyez-vous ces trous disposés de place

en place dans les parois ?

— Je les vois.

— Eh bien, on enjambe ainsi la margelle,

on met l'un de ses pieds dans un trou,

puis l'autre pied dans un autre plus bas,

en serrant dans ses mains cette tige de

fer qui continue le long de la paroi, et l'on

descend ainsi jusqu'au niveau de l'eau, dit

Gaô, qui avait joint la pratique à la théorie,
et était déjà au milieu de cet escalier d'un
nouveau genre.

— Je comprends, dit Ludwig, mais cela
ne m'explique pas ce que vous allez faire
lorsque vous serez arrivé au niveau de
l'eau.

— Voilà ! répondit la voix du baron qui
montait avec un son caverneux des profondeurs du puits.

La lumière qu'il portait disparut et l'a-
bîme devint sombre.

Ludwig eut un moment d'effroi. — Il s'attendait à entendre résonner à ses oreilles un cri d'angoisse et le bruit de la chute d'un corps dans l'eau. — Mais il n'entendit qu'un joyeux éclat de rire qui parvint affaibli jusqu'à lui.

— Venez-vous ? lui cria en même temps la voix goguenarde de son compagnon.

Ludwig n'hésita plus.

Accrochant à sa boutonnière la lanterne que son compagnon lui avait laissée, il enjamba à son tour la margelle, empoigna

des deux mains la tige de fer, et commença
bravement sa descente, posant avec pré-
caution les pieds dans les trous de la paroi
du puits.

Arrivé au niveau de l'eau, un rayon de
lumière vint le frapper en plein visage, et
il distingua son compagnon accroupi dans
une sorte d'étroit conduit latéral qui dé-
bouchait dans le puits par une ouverture
tout juste suffisante pour livrer passage à
un homme.

— Qu'en dites-vous ? lui demanda le baron en souriant.

— C'est assez ingénieux, répliqua le jeune
homme.

— N'est-ce pas ?... c'est le général qui a
utilisé ce puits destiné autrefois à servir de
réservoir pour un paratonnerre établi sur
la maison où étaient ses bureaux ; la tige
du paratonnerre s'y trouvait encore toute
posée pour servir de rampe ; nous n'avons
donc eu qu'à pratiquer quelques trous

pour placer les pieds, et nous avons eu ainsi un escalier très-présentable.

— Et ce conduit, où va-t-il nous mener.

— Dans une maison qui s'élève à l'extrémité des immenses jardins de l'hôtel, et, qui donne dans une rue isolée ; nous y changerons de costume, et, comme c'est aujourd'hui jour du marché, il nous sera facile de gagner sans encombre l'autre côté du Rhin.

— Allons, alors ! dit Ludwig.

Le baron se mit en marche, courbé en deux, et après cinq minutes de ce trajet fatigant, déboucha dans une autre cave dont il eut soin de fermer l'entrée conduisant au puits, avec de solides barres de fer.

— Nous sommes en sûreté, dit-il, il ne s'agit plus que de changer de costume... il y en a un magasin là-haut, suivez-moi et surtout faites le moins de bruit possible.

Ludwig le suivit silencieusement dans un escalier qui les eut bientôt amenés au rez-de-chaussée d'une maison hermétiquement fermée.

Le baron, à l'aide de sa lanterne, fouilla dans un meuble et en retira différents costumes, parmi lesquels il en choisit un de marinier pour lni et un de paysan pour le jeune homme.

En un clin d'œil, il se débarrassa de ses vêtements, et eut revêtu le costume qu'il avait choisi.

— Mettez ces habits, dit-il à Ludwig.

Pendant cette opération je vais aller m'assurer si la rue est libre et si nous pouvons
sortir.

Quelques minutes à peines'étaient écou-
lées que le baron reparut.

Sa figure exprimait une profonde contrariété.

— Nous sommes bloqués !... dit-il.

— Bloqués ? comment ? que voulez-vous
dire ? demanda Ludwig.

— C'est fort clair. Un regard m'a suffi pour apercevoir deux individus d'allures suspectes se promenant d'un bout de la rue à l'autre, et examinant la maison chaque fois que leurs pas les ramenaient devant elle.

— La maison, m'avez-vous dit, forme l'angle de deux rues ; de l'autre côté il n'en est peut-être pas de même.

— De l'autre côté, il y a un troisième quidam qui ne la quitte pas des yeux.

— Qu'allons-nous faire alors ?

— Attendre que la nuit vienne. Peut-être d'ici là trouverons-nous quelque moyen de tromper la surveillance des coquins qui nous guettent. Dans quelques heures il fera sombre, alors nous verrons...

Ce parti étant évidemment le plus sage, et même le seul qu'il y eût à prendre, les deux hommes se préparèrent à attendre patiemment la nuit...

La nuit vint et n'apporta aucun changement à la situation.

Le baron, remonté à son observatoire,

avait reconnu que toute tentative de fuite

était impossible. Le nombre des agents qui

les surveillaient avait été doublé, un cer-

cle infranchissable les entouraient ; d'un

autre côté, à l'intérieur, un ennemi contre

lequel ils n'avaient aucun moyen de dé-

fense, un ennemi terrible, la faim menaçait

de se faire sentir. La maison renfermait des

armes, des vêtements, en un mot tout ce

qui était nécessaire pour permettre aux

conspirateurs de sortir de l'hôtel où étaient

les bureaux de la maison Francklin, sous

quelque déguisement que ce fût, mais elle

ne contenait aucune espèce de provision de

bouche.

La nuit se passa, puis la journée du len-

demain tout entière,

Quand arriva le soir de ce second jour,

les deux assiégés commençaient à perdre

courage. Ludwig ne répondait plus que

par monosyllabes aux paroles du faux for-

geron, qui lui-même avait un peu perdu de
sa verve railleuse, et commençait à avouer
que leur position devenait difficile.

Tout à coup, dans le silence de la nuit,
une voix fraîche et pure, une voix de jeune
fille, s'éleva chantant au loin les premiers
vers de ce couplet si connu dans les landes
du Morbihan :

> Le sire Duguesclin
> Quand il allait en guerre
> Décrochait sa rapière
> En chantant ce refrain.

— Nous sommes sauvés ! s'écria le forgeron en serrant à le briser le bras de Ludwig ;
c'est elle ! c'est Jetta !

# CHAPITRE VINGT-SIXIÈME.

# XXVI

Comment une botte de foin peut servir à faire lever
un siége.

A la nouvelle du danger que courait le

père de Jetta, France avait rapidement en-

traîné la jeune fille dans la direction qu'elle

lui avait indiquée comme conduisant à la maison où il se trouvait prisonnier.

Ils n'avaient pas fait dix pas que la jeune fille l'arrêtait la première et lui disait avec un effroi mêlé de désespoir :

— Je n'y songeais pas, monsieur France, mais je vous mène à votre perte, sans que votre perte puisse sauver mon père. Les hommes qui veillent autour de lui sont quatre. Que ferez vous, seul, contre quatre ? Ils vous tueront.

Le jeune homme fit un geste de terrible résolution, et un éclair de fière audace brilla dans ses yeux, mais un instant de réflexion arrêta soudain le geste et éteignit le regard. A son tour, il eut un mouvement de défaillance et de désespoir.

— S'ils n'étaient que deux, murmura-t-il en étendant en avant ses bras d'Hercule, je les étoufferais sans leur laisser le temps de pousser un cri, mais quatre !

Il enfonça ses deux mains crispées dans les flots de sa chevelure brune.

— N'importe, dit-il avec force, il faut

que je le sauve, et je le sauverai. Ah ! fit-il

d'un ton d'amer regret, si j'avais avec moi

Marcel et Ludwig !

Il était alors bien loin de croire que Lud-

wig, réuni au père de Jetta, l'appelait, lui

aussi, de toutes ses forces à son aide, et di-

sait comme il venait de le dire : Ah ! si j'a-

vais ici France avec moi !

— Voyons, reprit-il en se tournant vers

Jetta, immobile et désolée, répétez-moi bien

tout ce qu'il faut que je sache. Ils sont quatre, ces hommes?

— Oui monsieur France.

— Comment sont-il placés?

— La maison fait l'angle de deux rues aussi désertes l'une que l'autre. Deux des hommes sont en face de la maison, un peu en avant dans l'une des rues, vis-à-vis de la porte; les deux autres veillent dans l'autre rue, du côté opposé.

— Y a-t-il de ce dernier côté quelque porte ou quelque fenêtre?

— Il n'y a pas de porte. Une fenêtre en forme de lucarne, à la hauteur d'un premier étage, ouvre seule sur cette rue.

— Pas de porte, une seule fenêtre, répéta France ; ce côté-là doit être moins sérieusement gardé que l'autre. Encore un mot. Avez-vous un moyen, quelque signal particulier pour faire deviner votre présence à votre père ?

— Oui, un couplet d'une vieille chanson bretonne que, certainement, lui seul et moi connaissons ici.

— C'est bien. J'ai mon plan.

Et, sans rien ajouter, le jeune homme se
mit en marche, mais cette fois dans une direction opposée.

Suivi de la jeune fille à laquelle il n'osait
offrir le secours de son bras, il gagna le milieu de la ville, et s'enfonça comme au hasard dans les rues peuplées d'auberges et de
cabarets qui avoisinent le marché.

A la porte d'une auberge, un paysan at-
telait son cheval à une charrette et se disposait évidemment à regagner son village.

France s'approcha de lui, le tira par un coin de sa veste à l'écart derrière sa charrette, et lui dit à brûle-pourpoint :

— Combien valent ta charrette, ton cheval et tes harnais, tout ton équipage ?

Le paysan hésita, croyant avoir affaire à un fou.

France répéta sa question, et, en la répétant, tira de sa poche une lourde bourse de cuir dans laquelle il prit une large poignée d'or.

— Tout ça vaut bien une centaine de pistoles, répondit enfin le paysan, changeant d'opinion sur le compte de son interlocuteur, et le prenant cette fois pour un original cousu d'or.

— En voici deux cents, ou deux cent cinquante ; je ne compte pas, dit France, lui mettant dans la main la poignée de louis qu'il avait sortie de sa bourse. Et remarque bien que je ne veux rien garder de tout ce que je t'achète. Demain matin tu pourras aller réclamer et reprendre ton bien à la

municipalité. On te le rendra. Maintenant,
par-dessus le marché, il me faut ton bon-
net, ta veste, les grandes guêtres et ton
fouet, plus une cinquantaine de bottes de
foin que tu vas faire jeter, du grenier de
cette auberge, dans ta voiture, promptement, tout de suite. Il faut qu'avant un
quart d'heure tout soit fait.

— Tope, dit le paysan enchanté de l'au-
baine. Seulement, ajouta-t-il finement, avant
de me déshabiller pour vous donner mes
hardes, il faut que je me procure vos bot-

tes de foin. S'ils me voyaient rentrer dans

l'auberge tout défroqué, les gens qui y sont

me demanderaient des nouvelles, et  m'est

avis que vous n'avez pas l'intention que je

raconte notre marché à tous.

— Tiens, l'ami, voici encore  dix  louis

pour ton intelligence, dit France enchanté.

Marche, maintenant, et vite.

Une demi-heure après, France, déguisé en

paysan des environs de Strasbourg, comme

Jetta était déguisée en paysanne, traversait

de nouveau la ville, en conduisant, le fouet sur le cou, une voiturée de foin.

Cette fois, guidé par Jetta, il avançait directement vers la maison où celui qu'il voulait sauver était gardé à vue.

Avant de quitter le cœur de la ville, il s'arrêta pour entrer chez un cordier, et il fit l'emplette d'une corde longue et solide à laquelle il attacha un lourd crampon de fer. Cette corde ainsi façonnée devait lui servir, disait-il, pour assujettir et corder son foin sur sa charrette.

Il était environ dix heures lorsque les
deux jeunes gens arrivèrent en vue de la
maison.

Comme l'avait dit Jetta, elle formait angle sur deux rues, deux rues écartées et
désertes, bordées, presque dans toute leur
longueur, par les hauts murs de grands jardins.

— Les voyez-vous? murmura la jeune
fille à l'oreille de France en lui désignant
du doigt l'ombre de deux hommes appuyés,
immobiles, contre le mur qui faisait face à

la maison, du côté par lequel s'ouvrait la fenêtre en lucarne.

— Pensez-vous, Jetta, que d'ici votre père entende votre voix? demanda France sans répondre à la question.

— Je n'en doute pas, dit Jetta.

— Avertissez-le alors. Il sera sur ses gardes et pourra agir quand il en sera temps.

La jeune fille obéit, et, comme l'avait espéré France, sa douce voix alla réveiller l'espérance et ramener la joie dans le cœur

des prisonniers.

Les deux sentinelles, elles aussi, avaient

été mises en éveil par ce chant imprévu.

Mais en voyant s'approcher, au pas lourd

d'un cheval de labour, une grosse charrette

chargée, ils n'eurent tout d'abord aucun

soupçon de la réalité. Depuis près de deux

jours qu'ils montaient, avec tant de persé-

vérance, leur faction jusque-là sans effet,

ils avaient vu déjà passer bien des char-

rettes. Convaincus que celle qui s'avançait

allait, comme les autres, passer paisiblement son chemin, ils ne bougèrent pas de
place et ne remarquèrent pas que le char-
retier, où celui qui en faisait fonction, passant subitement du côté de la roue qui les
regardait, venait d'arracher, d'un vigoureux
effort de poignet, la clavette de fer qui seule
retenait l'essieu.

La charrette fit quelques pas encore, puis,
tout à coup, les deux roues s'écartèren t
l'essieu s'abattit par un bout sur le pavé, et

la charrette, manquant d'équilibre, versa avec toute sa charge.

Le paysan jeta les hauts cris, implorant du secours et appelant à son aide, en excellent allemand, tous les saints du calendrier germanique.

Feignant d'apercevoir seulement alors les deux hommes qui se trouvaient là si à propos, il leur demanda, les mains jointes, de vouloir bien lui prêter assistance pour remettre sa charrette et son cheval sur pied,

et recharger son foin épars au milieu de la
rue.

— Chantez, Jetta, trouva-t-il le moyen
de glisser à l'oreille de la jeune fille, au
milieu de ses supplications et de ses
plaintes.

Jetta recommença son refrain :

> Le sire Duguesclin,
> Quand il allait en guerre,
> Décrochait sa rapière
> En chantant ce refrain :

— Ne faites pas attention, mes bons mes-
sieurs, s'empressa de dire France, en cou-

pant la parole à la jeune fille ; c'est ma
sœur, une pauvre enfant qui n'a pas toute
sa raison, une innocente. Elle ne sait que
cette chanson et la chante à la journée sans
comprendre ce qu'elle dit.

— Si tu allais avertir les autres, dit l'un
des agents à son compagnon ; on donnerait
un coup de main à ce garçon.

— Les autres ne se dérangeront pas, et
ils feront bien, répondit l'autre. Ils ont une
porte à garder, et une porte est vite ou-
verte.

— Puisque tu ne veux pas y aller, j'y
vais, reprit le premier.

— Le bon Dieu vous récompensera, mon
brave monsieur, lui dit France du ton de la
reconnaissance la plus profonde.

Il le laissa s'éloigner de quelques pas,
puis lorsqu'il le vit assez loin :

— Ne voudrez-vous pas au moins m'ai-
der à ramasser mon foin ? demanda-t-il à
celui qui restait.

— Que le diable t'emporte, mauvais

drôle! répliqua celui-ci. Fais ton affaire toi-même. Tu n'avais qu'à ne pas verser.

— Vous n'êtes pas charitable, mon bon monsieur, dit le paysan, se mettant en devoir de ramasser les bottes de foin les plus écartées.

L'une d'elles avait roulé jusque dans les jambes de l'agent. Il en releva deux ou trois à l'entour, puis il arriva à cette dernière.

— Ne vous dérangez pas, dit-il à l'agent.

Il se baissa, mais en se redressant, ses mains, lâchant tout à coup la botte de foin, se nouèrent comme un nœud de fer autour du cou du malheureux, dont la respiration s'éteignit dans un soupir étouffé. C'était un homme vigoureux qui voulut essayer de résister, mais France était doué d'une force extraordinaire, que doublait en ce moment la gravité de la situation. Lorsqu'il lui lâcha le cou, le pauvre diable, à demi étranglé, tomba comme une masse, sans haleine et sans voix.

Tout cela s'était passé en moins d'une se-

conde, mais les instants étaient trop pré-

cieux pour que France en perdît un seul.

Saisissant la corde qu'il avait achetée, il

allait lancer le crampon à la fenêtre qu'il

voyait au-dessus de sa tête, lorsque cette

fenêtre s'ouvrit doucement, et la voix de

Schmitt, ou du baron de Penhoët appela :

— Jetta !

— Oui, père, c'est moi ! répondit Jetta

ivre de joie.

— A vous, Schmitt ! cria France, et des-
cendez vivement.

La corde, adroitement lancée, fut arrêtée
au passage par le baron, qui fixa le crampon à la fenêtre.

Une seconde après, il touchait le sol avec
Ludwig.

Les deux jeunes gens s'embrassèrent.

— Je devais être sauvé par toi!... dit
Ludwig.

En ce moment, le premier agent appa-
raissait au coin de la rue, et celui que

France avait à demi étranglé faisait mine

de revenir à lui.

— Gagnez le large, dit France ; je me

charge de soutenir la retraite.

— Non pas, chacun son tour, dit le ba-

ron en le poussant au bras de sa fille.

Les trois jeunes gens s'éloignèrent, et le

baron se jeta derrière la charrette renver-

sée.

En arrivant à l'endroit où il avait laissé

son camarade et le paysan embarrassé, le

premier regard de l'agent se porta instinctivement vers la fenêtre sur laquelle il était

chargé de veiller. A la vue des volets ou-

verts et de la corde qui pendait au balcon,

il comprit tout et voulut jeter à ses compa-

gnons, postés de l'autre côté, un cri d'ap-

pel et d'alarme ; mais comme il desserrait

les lèvres, un coup de poing, comme les

Bretons seuls, au pardon de Quimper, sa-

vent en donner sur la tête des bœufs qu'ils

assomment, lui tomba du ciel sur l'oreille

et l'assomma réellement.

Le baron sortit alors de derrière la charrette, et, prenant sa course, rejoignit ses
compagnons.

Quelques heures plus tard, au moment
où le soleil pâle de janvier commençait à
percer la brume glacée flottant sur le fleuve,
quatre personnes étaient réunies dans la
salle d'une petite auberge de Kehl.

Ces quatre personnes étaient France et
Ludwig, le baron de Penhoët et sa fille
Jetta.

Tous quatre avaient réussi à franchir le Rhin sans encombre, France n'ayant voulu quitter ceux qu'il avait sauvés que lorsqu'il les saurait tout à fait en sûreté.

Le moment de la séparation était venu.

— Adieu, dit France à Ludwig, en lui serrant la main ; nous nous reverrons à Paris.

Il adressa un long regard et un profond salut à Jetta, mais il ne trouva rien à lui dire.

Le baron de Penhoët souriait de son meilleur sourire.

— Monsieur France, lui dit-il avec une noblesse aisée et d'un ton d'affectueuse dignité, vous avez rendu aujourd'hui au forgeron Gao, ou, si vous le préférez, à votre ancienne connaissance Schmitt et à sa fille, un grand service que ni l'un ni l'autre n'oublieront. Comme vous venez de le dire à votre ami, je vous dis à mon tour : nous nous reverrons à Paris et peut-être alors pourrons-nous, librement, vous témoigner

notre reconnaissance. Jetta, donnez votre
main à monsieur, comme je lui donne la
mienne.

Il tendit la main au jeune homme, et
Jetta, obéissante, tendit également la sienne
en rougissant jusqu'aux yeux.

— C'est un mince service trop largement
payé, murmura France d'une voix étranglée
par l'émotion.

La petite main de Jetta, toute moite,
toute palpitante, avait doucement pressé sa
main et à cette pression soudaine, pres-

qu'involontaire, il avait senti tout le sang de ses veines se porter à son cœur et l'étouffer.

Il salua et sortit, heureux et malheureux à la fois, à la fois ivre de joie et fou de désespoir. Il aimait, il était aimé, et il quittait pour longtemps, pour toujours, peut-être, celle qu'il aimait.

Jetta, dès qu'il ne fut plus là, s'était retirée à l'écart, avait laissé tomber sa jolie tête sur sa main et s'était mise à réfléchir.

Le baron arpentait la salle à grands pas saccadés. Sa pensée, plus capricieuse que celle de sa fille, était déjà loin de France et de ses adieux.

— Mon jeune ami, dit-il tout à coup à Ludwig en s'arrêtant devant lui, nous allons nous séparer. La dissolution de la maison Francklin, était, pour nous tous, un mot d'ordre tacite. On devait nous annoncer que notre présence, devenant inutile ici, était nécessaire ailleurs. Le général doit avoir à présent quitté l'Allemagne pour aller nous attendre en Angleterre, à Déal,

où nous nous embarquerons pour la France.

Vous pouvez partir dès à présent. Moi,

avant de sortir de l'Allemagne, j'ai un

compte terrible à demander à un homme

qui a assassiné deux des miens, j'ai justice

à faire. Il y a longtemps que j'attends. Au-

jourd'hui que la liberté de mes mouvements

m'est rendue, avant de partir pour l'Angle-

terre, je pars pour Manheim.

— Pour Manheim? s'écria Ludwig. Moi aussi, c'est à Manheim que je me rends sur l'heure, car c'est à Manheim que se trouve celle que je dois sauver des violences de cet homme contre lequel je me suis battu dans votre forge, à Strasbourg, Jérémie Brœmmer, et des insultes de son misérable parent Abraham Brœmmer.

— Ah! vous allez chez Abraham Brœmmer? fit le baron d'un ton singulier. Alors nous ne nous séparons pas, car c'est à lui

que j'ai affaire. Allons à Manheim tous

deux.

# CHAPITRE VINGT-SEPTIÈME

# XXVII

La maison maudite.

La journée était bien avancée lorsque le baron de Penhoët et Ludwig, voyageant au galop de quatre chevaux de poste, arrivèrent à Manheim.

En passant à Heidelberg, le baron y avait laissé sa fille. Jetta avait été chercher encore une fois, pour les quelques heures que devait durer l'absence de son père, un abri sûr et ignoré dans les ruines du vieux bürg.

Les deux hommes étaient donc seuls, et, chacun d'eux, gardant le secret de ses pensées, était resté, durant cette seconde partie de leur voyage, profondément silencieux. C'est que, pour l'un comme pour l'autre, s'approchait le moment d'une de ces résolutions suprêmes pour lesquelles on n'a pas trop de toute son énergie et de toute sa force, et auxquelles on ne peut se préparer que dans le silence et le recueillement.

L'un allait défendre et sauver, en l'arrachant violemment à sa famille, celle dont il voulait faire sa femme ; l'autre allait, disait-il, faire un acte de justice en condamnant un homme à mort.

Il était déjà nuit noire quand ils pénétrèrent dans la Jüdengasse.

Le baron ne connaissait pas la demeure d'Abraham, c'était Ludwig qui le guidait.

Malgré leur préoccupation intime, les
deux voyageurs furent en même temps
frappés par une circonstance anormale. A
cette heure où, d'habitude, les juifs de la
Jüdengasse, rentrés dans leur obscur quartier, de tous les points de la ville où ils
exerçaient leurs commerces plus ou moins
avoués, s'épandaient sur le seuil de leurs
portes et sur le pavé fangeux de leurs rues,
personne ne se voyait ni auprès ni au
loin ; pas une lumière ne brillait derrière
les vitres boueuses des maisons ; on eût dit

que la Jüdengasse entière était veuve de ses

habitants.

Cependant, à mesure qu'ils avançaient

vers le quartier où était située la maison

des Brœmmer, il leur semblait entendre

gronder un bruit sourd semblable au long

bruissement qui s'élève du milieu d'une

foule, mais ils ne voyaient encore rien.

Ce ne fut qu'en débouchant dans la rue,

à l'extrémité de laquelle s'élevait le logis,

but de leur voyage, qu'ils eurent tout à la

fois l'explication de cette absence de mou-

vement et l'explication de ce bruit.

En face de la maison d'Abraham se pres-

saient les flots tumultueux d'une multitude

en guenille, comme si tous les haillons de

la Jüdengasse se fussent, ce soir-là, donné

rendez-vous en cet endroit. Une lumière

rouge, collée au front de la maison, au-

dessus de la porte, jetait ses lueurs san-

glantes sur les premiers rangs de cette

multitude, éclairant de haut en bas, d'une

façon fantastique, les faces basanées et les barbes incultes.

Aucun cri dominant ne sortait de la foule ; il ne s'en élevait qu'un murmure indéfinissable, imitant, entendu d'une certaine distance, le roulement des vagues d'une mer houleuse, brisant sur des galets.

Le baron et Ludwig hâtèrent le pas. Sans en deviner la cause, ils avaient l'un et l'autre un secret pressentiment que la cause de ce rassemblement insolite les intéressait soit de près, soit de loin.

En arrivant devant la maison des Brœmmer, leurs yeux, attirés par la lumière qui brillait au-dessus de la porte, aperçurent en même temps, un large écriteau de toile blanche sur lequel étaient tracés ces mots, en lettres rouges.

*N'approchez pas. Cette demeure est maudite de Dieu.*

— Que s'est-il donc passé là? demanda

Ludwig à un des hommes qui l'entouraient.

— Entrez, vous le verrez, lui répondit
cet homme d'un air sombre.

Les deux voyageurs, se frayant un chemin dans la foule, franchirent le seuil de la
maison.

On se souvient que le rez-de-chaussée
en était divisé en trois parties : une sorte
de couloir encombré de toute espèce de
vieilles marchandises, passage commun
séparant le logis d'Abraham, situé à droite,

du logis, placé à gauche de ses deux frères,

Moïse et Job.

Le couloir était tout à fait obscur et le
baron et Ludwig se heurtèrent plus d'une
fois aux objets de toute nature qui le gar-
nissaient, mais un mince filet de lumière
filtrant à travers la porte de gauche, appela leur attention de ce côté.

Cette porte était fendue dans toute sa
hauteur et, détachée de son gond supé-
rieur, pendait en avant, prête à tomber
dans le passage.

Le baron écarta cette porte et entra.

Un spectacle affreux, hideux, épouvan-
table, le fit se rejeter en arrière et lui arracha un cri d'horreur.

Au milieu de la salle et, baignant dans
une mare de sang noirâtre, gisait une masse
informe roulée dans des draps ensanglan-
tés. De çà, de là, à travers les trous du
linge, passaient des fragments de membres
brisés, dont les os perçaient les chairs
écrasées et meurtries. Il n'y avait plus rien
dans ces horribles amas qui gardât encore

sa forme première, et si l'on n'avait pas
aperçu, parmi tous ces lambeaux, deux
crânes dépouillés, deux longues barbes
blanches teintes de sang coagulé, deux
faces éventrées, déchirées, béantes, on eût
hésité à croire qu'il y avait là deux cadavres humains.

Une lourde barre de fer, maculée de
sang, et gardant encore, collées sur ses
angles, des mèches rigides de cheveux
blancs rougies, reposait sur le sol, à côté
de ce monstrueux charnier.

C'était là évidemment l'instrument de
mort qui avait si atrocement accompli son
œuvre.

Un grand coffre de bois de chêne, cerclé
de fer, que ses défenses désignaient claire-
ment comme ayant dû renfermer le trésor
d'un avare, était tout ouvert, brisé sur
deux de ses côtés et absolument vide.

Le vol avait certainement suivi le meur-
tre.

Le lit où couchaient ensemble les deux
frères aveugles était dans un état de désor-

dre navrant. Les draps et les couvertures en avaient été violemment enlevés en même temps que leurs corps nus, et leur mince matelas était tombé à terre.

Il était aisé de deviner que Job et Moïse avaient été surpris et assassinés pendant leur sommeil.

Une chandelle de suif, fichée au mur, éclairait de sa lumière tremblante et livide toutes les horreurs de cette scène.

Les deux hommes, le baron et Ludwig,

après avoir contemplé pendant quelques secondes le spectacle qu'ils avaient sous les yeux, se regardèrent eux-mêmes. Ils étaient pâles tous deux comme les faces blafardes des cadavres, et leurs cheveux étaient dressés sur leurs fronts par un effroi, par une terreur sans nom.

— Qu'est devenue Sarah, au milieu de cette terrible boucherie? s'écria Ludwig épouvanté.

— Qu'est devenu Abraham Broemmer,

après avoir commis ces nouveaux crimes ?
s'écria le baron.

Il connaissait l'homme qu'il venait de
nommer, et, sans preuves, sans soupçons
préconçus, il n'avait aucun doute sur la
part qu'il avait dû prendre à l'infernale tra-
gédie dont il voyait le sanglant dénoue-
ment.

Ludwig arracha, d'une main tremblante,
la chandelle qui brûlait dans la salle et

s'élança dans les autres parties de la mai-

son.

Toutes étaient vides.

Abraham et Sarah avaient disparu.

**Deuxième Partie.**

# CHAPITRE PREMIER

# I

Le cabinet de Fouché.

L'ancien ministre de la police, Fouché,

avait été privé du portefeuille de la police,

au moment où le premier consul avait

voulu inaugurer le consulat par la suppres-
sion de ce ministère de rigueur.

« La police, dit un historien, avait été
comme cachée alors dans le ministère de la
justice, et le grand juge Régnier, chargé
de ce portefeuille, et tout à fait étranger à
une administration de cette nature, l'avait
abandonnée au conseiller d'Etat Réal. »

Fouché, devenu sénateur, s'ennuyait de
son oisiveté. Selon l'expression de Napoléon, il fallait « qu'il fût toujours dans les
souliers de quelqu'un. » Il n'y avait donc

guère d'intrigue politique, à cette époque,

dans laquelle il ne se trouvât mêlé pour

quelque chose.

Rêvant sans cesse aux moyens de redeve-

nir nécessaire à son maître, il avait con-

servé toutes ses relations avec ses anciens

agents, et comme ceux-ci aimaient mieux

obéir à un homme que son expérience ap-

profondie de leur métier rendait bon juge

de leurs efforts, plutôt qu'au substitut du

ministère de la justice, rien n'était plus facile à Fouché que de faire tourner les circonstances à son profit.

Un jour de ce même mois de janvier 1804, dans lequel a commencé cette histoire, Fouché, accoudé sur la table de son cabinet secret, méditait profondément.

Mais, avant de pénétrer dans le cabinet qui avait déjà vu tant de choses, qui devait en voir un si grand nombre encore et dont la physionomie particulière mérite toute une description, il nous faut faire connaissance avec son antichambre et avec l'hôte

singulier qui l'habitait.

Cette antichambre était une sombre

pièce, n'ayant pour meubles qu'un bureau

et pour habitant. qu'un petit homme à lu-

nettes vertes, remplissant auprès de l'ex-mi-

nistre les fonctions de secrétaire-huis-

sier.

Et que le lecteur veuille bien remarquer

qu'il ne s'agit pas ici d'un secrétaire, non

plus que d'un huissier : Fouché avait d'au-

tres secrétaires et d'autres huissiers. M. Phi-

lidor, — c'était le nom du petit homme,
— cumulait, et ses fonctions étaient d'une
nature tout exceptionnelle.

Ces fonctions se rattachaient et faisaient
corps avec le mode d'introduction que l'ancien ministre de la police imposait, sans
qu'ils s'en doutassent, à tous ceux qui sol-
licitaient d'être admis près de lui.

Au fond du bureau devant lequel, de
dix heures du matin à quatre heures pré-
cises du soir, le petit homme et ses lunettes
vertes demeuraient comme rivés tous les

deux, s'ouvrait en forme de cornet, et tou-

jours cachée par un monceau de livres,

l'ouverture d'un tube. Ce tube, suivant un

plan incliné, correspondait, à travers la

muraille contre laquelle le meuble était

appuyé, avec le propre bureau du minis-

tre placé dans le cabinet voisin.

- Dès qu'un visiteur se présentait et avait

décliné son nom au petit homme, un mince

carré de papier, roulé comme un billet

doux par la main habile de M. Philidor,

coulait dans le tube et se trouvait immé-

diatement transporté sous les yeux de
Fouché.

Ainsi prévenu, l'ancien ministre pouvait, selon qu'il le jugeait à propos, recevoir le visiteur ou disparaître, et, dans tous
les cas, savait à l'avance à qui il allait avoir
affaire.

Deux coups secs, d'une sonnette d'argent que Fouché agitait, signifiaient : ad-
mission, sinon le silence le plus complet
continuant de régner, M. Philidor, après
avoir ouvert la porte, annonçait au visi-

teur éconduit que M. le sénateur était sorti.

M. Philidor était bien l'individu qu'il fallait pour jouer ce rôle près d'un homme comme Fouché.

Au physique, maigre, ou plutôt sec, ses mouvements roides et anguleux étaient plus semblables aux mouvements d'une marionnette qu'à ceux d'un être en chair et en os. Sa petite tête, plantée au bout d'un long cou, comme sur un pivot, tournait sur ses épaules par des saccades brus-

ques, et quand il se levait, on se surpre-
nait involontairement à regarder si quelque fil, descendant du plafond, ne le main-
tenait pas sur ses jambes. Au moral, M. Philidor paraissait avoir tout juste ce qu'il fallait d'intelligence pour lui faire accomplir
avec une exactitude scrupuleuse ses fonctions mécaniques; la seule raison pour laquelle son maître ne lui substituait pas quelque machine, était qu'il possédait le don
de la parole. Si peu qu'il s'en servît, encore fallait-il qu'il pût dire aux visiteurs

que M. Fouché était sorti, se bornant, au cas contraire, à leur ouvrir silencieusement la porte.

Aussi l'ancien ministre estimait il fort ce secrétaire-huissier qui n'avait ni yeux pour voir, ni oreilles pour entendre ; et s'en servait il souvent dans ses transactions secrètes. On prétendait que jusqu'à ce jour, il n'avait eu qu'à se louer de l'emploi de cette machine humaine.

Et cependant M. Philidor avait une passion, une passion d'une telle espèce que si son maître l'eût soupçonnée seulement une

minute, il n'eût pas gardé une autre mi-

nute, à son poste, le pauvre secrétaire-

huissier.

Mais heureusement Fouché, qui savait

tant de secrets, ignorait quelle était la pas-

sion du petit homme.

Nous ne la connaîtrons nous-mêmes que

plus tard, cette passion terrible qui de-

vait avoir sur les projets de l'ex-ministre

une bien déplorable influence.

Si l'antichambre avait ses curiosités, dans

son secrétaire automate et dans son *tube-poste,* le cabinet lui même offrait un autre genre de singularité.

Il était situé dans la partie la plus reculée de l'hôtel, dont une des façades donnait sur un jardin. Pour y arriver on devait traverser une enfilade d'antichambres et de salons de réception, dans l'immensité desquels passait de temps à autre quelqu'huissier au pas discret, un véritable huissier celui-ci, ou un secrétaire, un vrai secrétaire, au maintien compassé.

D'épais rideaux de Damas, de couleur

foncée, ne laissaient pénétrer dans cette

pièce qu'un jour incertain, à l'exception

d'un seul endroit sur lequel une ouverture,

adroitement ménagée, faisait tomber une

lumière d'autant plus éclatante que l'obscu-

rité du reste de la pièce était plus in-

tense.

Une immense table d'acajou, aux pieds

de griffons dorés, était couverte de livres,

de papiers, de cartes : un fauteuil de cabi-

net, réservé au maître du lieu, était placé

à côté de cette table et disposé de façon que la personne assise dans ce fauteuil restait complètement dans l'ombre, tandis que le visiteur, placé en face de lui, se trouvait au contraire tout à fait dans la zône de lumière préparée à cet effet.

On comprend facilement l'utilité de cette disposition au point de vue d'un homme aussi habile que l'était Fouché à sonder une âme d'après l'expression d'une physionomie.

Autour des murs étaient rangés, dans des casiers d'acajou, une quantité de cartons verts étiquetés au moyen de chiffres et de signes bizarres dont l'ex-ministre connaissait seul la signification ; chacun de ces cartons était fermé d'un petit cadenas d'acier dont la clef ne quittait jamais Fouché. Un carnet relié en maroquin rouge, sorte de répertoire de ces lignes et de ces signes, fil conducteur à l'aide duquel on pouvait se reconnaître dans le labyrinthe des notes et des dossiers qui remplissaient ces cartons, était en permanence sur le bureau, à portée de la main.

On sait que plus d'une fois les vastes ramifications de la police particulière de Fouché avaient étonné Napoléon lui-même, et avaient même fini par lui faire redouter, en quelque sorte, la puissance occulte de son ministre.

L'histoire est là pour nous dire que ce n'était pas sans raison que la merveilleuse sagacité de l'empereur avait été alarmée à ce sujet.

Au moment où nous pénétrons dans ce cabinet, l'ex-ministre paraissait en proie à une vive contrariété.

Ses traits annonçaient une grande tension d'esprit et ses doigts froissaient avec impatience une lettre qui avait dû lui être apportée directement, car elle ne portait aucun timbre de poste.

C'était la lettre que le comte de Rochefort avait dictée à Noireau, le pistolet sur la gorge, dans la petite maison des bords du Rhin, huit jours auparavant.

Après un instant de réflexion, Fouché la jeta sur le bureau et, quittant le fauteuil, il arpenta le cabinet à grands pas.

— De deux choses l'une, dit-il : Noireau est ou un maladroit ou un traître. Un maladroit? reprit-il en secouant la tête; non. Noireau m'a déjà donné trop de preuves de son intelligence pour que je puisse l'accuser de maladresse ; quant à trahir, pourquoi trahirait-il ? Il est riche, sans ambition, et ne fait son métier que par amour de l'art et par dévouement. Noireau, et c'est le seul de mes agents dont j'oserais

répondre, n'est ni traître, ni maladroit.

Mais alors que signifie cette lettre ? Il m'af-

firme là-dedans que cette conspiration dont

les princes sont la tête, dont cet infernal

Georges Cadoudal est le bras, n'existe pas

et n'a jamais existé, que le comte de Ro-

chefort est innocent de toutes machinations

et j'ai là, là, dans ce carton, au dossier du

comte, des preuves évidentes du con-

traire.

En prononçant ces mots, Fouché ouvrit

la serrure d'un de ses cartons, chercha

dans les dossiers qu'il renfermait, un dos-

sier assez volumineux portant ce titre si-

gnificatif : *comte de Rochefort, émigré*, en tira

une feuille de papier et lut :

« Le comte de Rochefort, émigré, mé-

content de tout et de tous, bon à vendre,

facile à acheter, conspire ouvertement. Sa

maison aux bords du Rhin, près d'Heidel-

berg, est le rendez-vous des agents anglais

III                                    16

et des principaux restes de l'armée de Condé. »

— Qui croire de la lettre de Noireau ou de ces renseignements fournis par dix agents ? continua Fouché.

Un bruissement de papiers partant de son bureau, lui fit tourner la tête de ce côté et interrompit son soliloque.

Un petit papier roulé venait de couler sur son pupitre.

Fouché ouvrit le billet qui ne contenait que ce nom : Jacopo.

— Jacopo! dit-il ; lui seul peut éclaircir mes doutes. Il ne pouvait arriver plus à propos.

Et, saisissant la sonnette placée sur la table, il fit résonner deux coups secs.

A ce signal d'introduction, la porte s'ouvrit et livra passage d'abord à l'individu, porteur de ce nom méridional, lequel, après s'être profondément incliné, resta immobile et à demi courbé dans une humble attitude, puis à M. Philidor le secrétaire-huissier qui, désignant de l'œil la pendule qui ornaît la cheminée, dit laconiquement à son

chef :

— Quatre heures !

—Oui, monsieur Philidor, répondit Fou-

ché en souriant. Votre service finit à quatre

heures. Il est quatre heures. Je n'ai plus

rien à exiger de vous.

Le petit homme salua, tourna tout d'une

pièce sur le sommet de ses talons et rentra

dans l'antichambre.

Une fois là, avec une précipitation qui

semblait au premier abord bien en dehors

de sa nature, bien opposée à la lenteur or-

dinaire de tous ses mouvements, et qui té-

moignait d'un désir ardent de ne pas per-

dre une minute, il enleva d'un tour de

main les bouts de manche de serge° noire

destinés à garantir les parements de son

habit noisette d'un frottement malencon-

treux, puis, posant sur sa perruque à bou-

din son petit chapeau de soie jaune et sai-

sissant sa canne de jonc à pomme d'ivoire,

il sortit rapidement de l'hôtel, laissant en

tête-à-tête, fort indifférent de ce qu'ils pou-

vaient avoir à faire, son auguste patron et

l'agent Jacopo.

# CHAPITRE DEUXIÈME

# II

Où l'on fait connaissance avec Jacopo.

Jacopo était un grand et gros homme d'une quarantaine d'années, à la figure grasse et jaune, à la taille courbée par l'ha-

bitude de l'obéissance passive, à la physionomie humble et doucereuse, sournoise-
ment éclairée par deux petits yeux noirs
étincelant sous d'épais sourcils, qu'il devait ainsi que son nom, au sang italien qui
coulait dans ses veines.

Il était Piémontais.

Son chapeau à la main, il se tenait silencieux devant son chef.

— Jacopo, dit Fouché brusquement,
vous m'avez assuré plusieurs fois que vous
m'étiez dévoué ?

— Monseigneur, s'écria Jacopo avec ex-
pansion, je l'ai dit et je le répète... je suis
au service de Son Excellence, corps et
âme !

— Très-bien, je vais mettre votre dévouement à l'épreuve, Jacopo.

— Je suis aux ordres de monseigneur.

— Je veux vous faire voyager...

— Voyager ! fit Jacopo.

— Cela à l'air de vous surprendre ?

— Pardon, monseigneur, c'est qu'une autre personne a déjà eu cette pensée.

— Une autre personne !

— Oui.

— Quelle est cette personne, Jacopo ?

— M. le conseiller d'Etat Réal, notre directeur.

— Cela se trouve mal, dit Fouché ; et de quel côté veut-il vous faire voyager ?

— En Normandie.

— C'est en Allemagne que je veux vous

envoyer.

— En Allemagne, monseigneur ?

— Sur les bords du Rhin.

— Comment faire, demanda Ja-

copo.

— J'écrirai à Réal, dit froidement Fou-

ché.

— C'est bien, monseigneur !... que

faudra-t-il faire sur les bords du

Rhin ?

— Quelque chose qui ne vous plaira peut-être guères, Jacopo, mais votre zèle vous fera passer par-dessus ce que votre mission peut avoir de désagréable pour vos sentiments.

— De quoi s'agit-il donc, monseigneur? dit l'employé de le police dont la figure s'allongea à ces paroles.

— Il s'agit d'aller vous assurer si Noireau, *votre ami*, répliqua Fouché, appuyant sur le mot, et plongeant son regard froid comme l'acier dans celui de Jacopo, si

Noireau, votre ami, répéta-t-il avec intention, ne me trahit pas...

— Noireau vous trahir, monseigneur !
il en est incapable, s'écria Jacopo avec
une chaleur qui fit sourire l'ancien ministre.

Etait-ce des paroles elle-mêmes qu'il
souriait, ou bien de les voir dans la bouche de l'agent?

— En fait de trahison, rien n'est impossible, Jacopo, dit-il. Votre surprise fait

honneur à vos sentiments d'amitié pour
Noireau, mais je ne sais pas trop jusqu'à
quel point il me faut y croire.

Votre ami n'a-t-il pas une charmante
fille qu'il cache à tous les yeux dans sa
maison de Saint-Mandé ?

— En effet, monseigneur, répondit Jacopo ébahi.

— Alors, je conçois qu'il vous soit désagréable d'avoir à espionner le père d'une
jolie fille dont vous êtes amoureux, n'est-
ce pas cela, Jacopo ? Surtout quand cette

jolie fille n'a pas pour vous un goût bien
vif.

— Quoi ! monseigneur, vous savez ?

— Je sais beaucoup de choses sur mes
agents, Jacopo, répliqua Fouché. Si je n'é-
tais pas leur maître soit d'une façon, soit
d'une autre, au lieu de me servir d'eux,
ce serait eux peut-être qui se serviraient de
moi.

— C'est bien, monseigneur, dit l'agent
qui jugea prudent de changer l'entretien
en le ramenant à son point de départ, je

suis prêt à remplir la mission de confiance dont Votre Excellence veut bien me charger...

— Rassurez-vous, Jacopo, dit Fouché qui ne put s'empêcher de sourire à la vue de la figure perplexe de l'agent; si vous savez manœuvrer avec adresse, et vous êtes adroit, fort adroit, vous pouvez très-bien surveiller le père et épouser la fille.

Un rayon de joie illumina la figure de Jacopo, à cette assurance consolante.

— Dès l'instant que Son Excellence daigne m'assurer que je puis tout à la fois concilier mon affection pour Noireau, avec mon zèle pour le service de Son Excellence, je n'ai plus d'objection à faire.

— Certainement, Jacopo! conciliez, conciliez; ne sommes-nous pas dans une époque de conciliation? dit l'ancien ministre avec une ironie railleuse. Maintenant, écoutez mes instructions...

— J'écoute, monseigneur.

— La façon d'agir de Noireau est ou
lente et maladroite,   ou tortueuse et de
plus en plus suspecte. Dans l'un et l'autre
cas, je veux le faire surveiller, afin de ré-
parer ses fautes, si ce ne sont que des fautes, afin de lui ôter la possibilité de nuire
s'il trahit. Le temps presse. En sortant
d'ici, vous allez monter à cheval et courir
à franc étrier jusqu'à Strasbourg. Arrivé
là, vous ouvrirez le paquet que je vais vous
remettre et dans lequel vous trouverez les
instructions détaillées sur la manière dont

vous devrez agir, selon qu'il y aura trahison ou ineptie de la part de votre futur
beau-père...

— Hélas! ne put s'empêcher de faire, à
demi-voix, Jacopo, avec un soupir qui
semblait annoncer que les affaires de cœur
de l'obséquieux employé de la police n'al-
laient pas aussi bien qu'il l'eût désiré...

— Je vous le répète, si vous savez bien
manœuvrer, c'est une occasion magnifique
pour vous de le forcer à vous donner sa
fille... dit Fouché. Voici pour vos frais de

voyage, ajouta-t-il en lui remettant un rouleau d'or ; ne perdez pas une minute. Vous
savez, Jacopo, que ceux qui me servent
comme je veux être servi n'ont pas à s'en
repentir... Allez donc, et dans une demi-
heure soyez en route.

Jacopo prit le rouleau, s'inclina et sortit
à reculons avec toutes les marques du respect et de la soumission, mais, dans le
fond de son âme, maudissant sincèrement
une marque de confiance qui allait le
mettre en antagonisme avec un homme

dont il courtisait la fille, et dont il connais-

sait assez la finesse pour savoir qu'il ne se-

rait pas dupe des prétextes avec lesquels

il colorerait sa présence subite près de

lui.

A peine l'agent était-il sorti, qu'un huis-

sier de cabinet se présentait devant Fouché

et annonçait la visite du conseiller d'Etat

Réal, chargé de la direction de la police

au ministère de la justice. Homme d'es-

prit, dit l'histoire, mais d'une remarquable

nullité en tout ce qui regardait son administration.

Fouché s'empressa de donner l'ordre de
l'introduire.

Le conseiller d'Etat paraissait singu-
lièrement animé, pour ne pas dire ir-
rité.

Après les politesses d'usage, ce fut
Fouché qui, le premier, commença l'entretien :

— Je suis enchanté de vous voir, mon
cher collègue, lui dit-il de sa voix la plus

gracieuse; car j'allais vous écrire pour
vous demander un service.

— Je suis ravi de vous trouver, mon
cher sénateur, car j'ai une explication à
vous demander, répondit le conseiller d'E-
tat vivement.

— Une explication!... je vous donnerai
toutes celles que vous désirerez, mon cher
Réal... que désirez-vous que je vous explique ?

— D'abord, quel est ce service que je

puis être assez henreux pour vous rendre ?

— Quelque chose de si peu d'importance que j'ai cru pouvoir agir avant même
de vous avertir.

— De quoi s'agit-il enfin ?

— Voici : j'ai disposé de Jacopo pour
quelques jours, et j'allais vous écrire à ce
sujet lorsque vous êtes entré.

— Allons ! s'écria Réal avec un désespoir comique, encore un !

— Comment, encore un ?

— Si cela continue, poursuivit le conseiller d'Etat avec volubilité, je resterai bientôt seul avec mes cartons et quand j'aurai une mission à faire remplir, il faudra que je la remplisse moi-même?...

— Je ne vous comprends pas, dit Fouché avec beaucoup de calme.

— Voulez-vous me faire le plaisir de me dire, mon cher sénateur, lequel de nous deux est chargé de la police en France?

— C'est vous, sans contredit, répliqua Fouché avec un sourire.

— Si c'est moi, comment se fait-il que ce soit à vous que mes agents obéissent?

— Pourquoi me dites-vous cela?

— Pourquoi?... eh! parce que tous mes meilleurs employés disparaissent les uns après les autres. Il y a quelques jours c'était Noireau et cinq ou six de ses hommes qui me manquaient au moment où j'en avais besoin; aujourd'hui, c'est Jacopo que j'allais envoyer en Normandie, et que vous

m'enlevez.

— Oh ! dites emprunter, répliqua l'ex-

ministre en riant..

— Convenez, mon cher sénateur, que

vous avez une singulière façon d'emprun-

ter, car vous usez des gens et ne les ren-

dez pas... Qu'est devenu Noireau, par

exemple ?

— Soyez sans inquiétude, j'espère qu'il

ne sera pas tout à fait usé, pour me servir de votre expression, quand je vous le rendrai.

Le conseiller d'Etat ne put retenir un éclat de rire.

— Au moins me le rendrez-vous bientôt ? demanda-t-il d'un ton radouci.

— Avant huit jours, vous les aurez tous.

— Oui, lorsque je n'en aurai plus besoin !

— Voyons, Réal, dit Fouché, en fin de

compte, n'est-ce pas pour le même but que nous les employons ?

— Sans doute.

— Que ce soit vous ou moi qui les fassions marcher, n'est-ce pas la même chose ?

— La même chose ? non. Si vous êtes ministre de la police de fait, redevenez-le donc aussi de nom !

— Eh ! eh ! eh ! se contenta de répondre Fouché avec un rire narquois.

Réal le regarda et se tut.

Il avait compris.

# CHAPITRE TROISIÈME

# III

La fille de Noireau.

A l'extrémité du petit village de Saint-
Mandé, qui ne comptait pas alors plus d'une
douzaine de maisons, sur la lisière de la

Forêt de Vincennes, se voyait alors un pavillon coquet et bien tenu, qui, sans offrir
aucune apparence de luxe, présentait néanmoins toutes celles de ce que les Anglais,
inventeurs du mot et aussi de la chose,
ont appelé le *comfort*.

Un grand jardin, planté à l'anglaise, entourait ce pavillon et l'isolait complètement. A ce moment de l'année, les pelou-
ses étaient flétries; les massifs étaient des-
séchés, et les marronniers étendaient tristement leurs rameaux noirs chargés de

givre; un pauvre Amour de marbre blanc
qui, selon le goût mythologique du jour,
trônait au milieu d'un bassin devant la
principale entrée, semblait grelotter sous le
bandeau, son unique vêtement, qui lui
couvrait les yeux. Néanmoins il était facile
de se faire une idée de ce que devait être
cette habitation, lorsque le soleil du prin-
temps venait rendre à ces gazons leur ver-
dure, et revêtir les massifs de feuilles et
de fleurs, lorsque la brise de mai faisait
frémir la cime touffue des marronniers et

secouait au loin la senteur parfumée de leurs longues grappes blanches.

Dans cet instant de torpeur et de mort passagère pour la nature du dehors, la vie semblait s'être réfugiée à l'intérieur dans un salon meublé dans le style rococo le plus pur, et pour lequel aucun détail n'avait été oublié.

Par le goût déplorable pour les formes grecques et romaines qui dominaient sans partage alors, c'était une chose rare qu'une pièce ainsi meublée, et cette préférence

pour le genre d'ameublement de la seule
époque qui a su complètement réunir, tout
à la fois, les lignes les plus gracieuses à
l'œil, et les plus favorables au bien-être,
dénotait chez la personne qui avait présidé
à cet ameublement, un sentiment bien décidé de la grâce et de la distinction.

Cette personne était une jeune fille de
vingt ans à peu près, qui se tenait debout
et légèrement penchée devant une cor-
beille de fleurs magnifiques qu'elle regardait machinalement.

C'était la fille de Noireau.

Après être restée quelque temps dans cette attitude distraite, elle alla coller son front que l'ennui plissait, contre la vitre de la fenêtre à demi obscurcie par la gelée, et elle poussa un long et triste soupir.

Quelle était donc la cause qui pouvait la faire ainsi soupirer si longuement et surtout si tristement ?

Ce n'était pas l'amour. Athénaïs n'aimait pas encore, ou si elle aimait, il y avait

si peu de temps qn'elle l'ignorait certainement elle-même.

Elle était dans tout l'éclat d'une beauté
splendide, elle était jeune, le coloris de sa
santé brillait sur ses joues veloutées ; et
enfin elle était entourée de toutes les satis-
factions matérielles que peut donner la
fortune.

Que lui manquait-il donc?

Rien de ce qui peut rendre une femme
heureuse, et cependant elle se trouvait profondément malheureuse, et tous ces avan-

tages de beauté, de jeunesse et de fortune, disparaissaient à ses yeux, dévorée tout à la fois et toujours par une pensée pleine d'amertume, et par une crainte incessante d'un malheur, d'autant plus redoutable qu'elle ne pouvait en deviner la nature.

Sans que personne le lui eût jamais dit, elle sentait qu'un mystère pesait sur sa vie, et, ce mystère, elle n'avait pu le percer.

Nous avons dit que Noireau était riche

et qu'il n'aimait qu'une chose au monde :

son métier. Pour être plus vrai, nous eus-

sions dû dire qu'il n'aimait que deux

choses : son métier et sa fille.

Sa lutte entre ces deux sentiments, dont

l'un semblait exclure l'autre, avait été, en

beaucoup de circonstances, assez vio-

lente pour le faire cruellement souf-

frir.

Car Noireau, avec son intelligence, ne

se faisait pas illusion et savait, aussi bien

que personne, à quel bas degré de l'échelle

sociale le plaçait son triste métier. Aussi le
but de ses efforts avait-il été toujours de
dérober à tous, à sa fille surtout, le secret
de ses occupations occultes et de sa position réelle. Rien ne lui avait coûté pour
cela, pas même le sacrifice du plus doux,
du seul sentiment ayant prise sur sa nature sèche et sceptique, son amour pour
sa fille.

Dès son enfance, il l'avait séparée de
lui. Athénaïs, élevée comme la fille d'un
riche négociant que le courant de ses af-

faires éloignait presque constamment de

Paris, avait passé toute son enfance et la

plus grande partie de sa jeunesse dans un

pensionnat. Noireau ne voulait la rappeler

près de lui qu'au moment même ou il es-

pérait lui trouver un parti en rapport

avec la riche fortune dont il voulait la

doter.

Jusqu'à dix-huit ans, Athénaïs avait

donc été la plus heureuse des jeunes filles,

et si, quelquefois, une pensée fâcheuse lui

venait à l'esprit, elle n'avait jamais pour

cause que le chagrin bien naturel et assez léger de ne pas voir son père, si bon d'ail-leurs pour elle, aussi souvent qu'elle aurait désiré.

Elle avait dix-huit ans, lorsque Noireau ayant enfin trouvé le mari qu'il souhaitait pour sa fille chérie, la fit sortir de pen-sion et l'installa dans cette maison de Saint-Mandé, préparée pour la recevoir avec tout le luxe et toute l'élégance pos-sibles.

Quelques jours après, au moment de se conclure tout à fait, le mariage projeté manqua. Le futur se retirait sans donner d'autre motif de sa retraite qu'une de ces défaites polies dont personne ne peut être dupe.

Noireau comprit que le secret dont il avait entouré sa vie, avait été découvert au moins par l'un des deux auxquels il avait tant d'intérêt à le cacher, le futur mari de sa fille, et pour que cette dernière ne put le découvrir à son tour, il la confina presque complétement dans le pavillon de Saint-Mandé et s'occupa activement de la recherche d'un autre parti.

Quant à Athénaïs, assez indifférente à l'endroit du mariage et du mari qui venait de lui échapper ainsi, elle n'avait rien soupçonné, rien deviné.

Mais une seconde, mais une troisième, une quatrième tentatives d'union furent tentées l'une après l'autre, et, bien qu'Athénaïs fût riche, bien qu'elle possédât, elle avait fini par s'en rendre compte, tout

ce qui peut séduire dans une femme, tout

ce qui peut satisfaire la passion d'un amant

et l'orgueil d'un mari, toutes échouèrent

comme avait échoué la première, à l'ins-

tant de s'accomplir.

Il y avait là de quoi faire s'ouvrir les

yeux les mieux fermés, et donner des soup-

çons à la confiance la plus aveugle.

A partir de cet instant, Athénaïs, sans

rien deviner, soupçonna tout, et sa vie fut

empoisonnée.

Abandonnée pendant des mois entiers que duraient les absences de Noireau, seule avec elle-même, dans cette petite maison de Saint-Mandé, que des domestiques aussi ignorants qu'elle habitaient seuls, elle se prit à s'ennuyer profondément. Elle était arrivée d'ailleurs à cet âge où l'amour filial ne suffit plus à remplir le cœur d'une jeune fille, et où l'âme, fatiguée d'une tranquillité monotone, soupire après le changement et veut impérieusement

du nouveau, fût-ce le danger, fut-ce la
souffrance même.

Il lui eût pourtant été facile, surtout
dans les derniers temps, de sortir de cet
état de torpeur morale qui lui pesait tant,
et de saisir enfin un mari qui, lui, n'avait
certes aucune envie, comme ceux qui l'a-
vaient précédé, de retirer sa parole au moment de signer le contrat.

Ce mari qui ne l'était pas encore, mais
qui n'aspirait qu'à le devenir, n'était autre
que Jacopo que nous avons aperçu, il n'y

a que peu d'instants, dans le cabinet de
Fouché.

Jacopo était le seul homme qui eût ses
entrées franches dans la maison de Saint-
Mandé.

Noireau, pour les exigences de son métier, avait besoin d'un homme intelligent,
sur le concours duquel il pût compter durant ses absences, toujours assez longues.
Il avait trouvé cet homme dans Jacopo,
l'un des meilleurs agents, après lui, de la
police secrète de Fouché. Forcé dès le prin-

cipe de ne rien lui cacher, et croyant par ce qu'il connaissait de sa sûreté pouvoir mettre en lui toute sa confiance, il l'avait admis dans son intérieur. Jacopo lui avait juré, vis-à-vis de sa fille et de tous, le secret le plus absolu, et Noireau qui savait tenir Jacopo par l'intérêt, n'avait à ce sujet aucune crainte.

Jacopo avait donc vu la fille de Noireau à sa sortie du pensionnat, lors de son installation à Saint-Mandé, et en était devenu éperdument amoureux. Mais en Italien

madré, il s'était bien gardé de rien laisser
voir de ce qu'il éprouvait et s'était contenté
de se sourire gracieusement à lui-même,
lorsque le premier mariage projeté pour la
jeune fille s'était brusquement trouvé
rompu, sourire qu'il avait recommencé à
s'adresser à chaque nouvelle rupture d'un
nouveau mariage.

Ç'avait été seulement lorsque Noireau,
découragé par l'insuccès constant de ses
tentatives, avait renoncé, au moins en apparence, à continuer cette chasse aux maris,

c'est-à-dire peu de temps avant le départ

de Noireau, envoyé par Fouché dans le

duché de Bade à la piste des projets de Ca-

doudal et des émigrés des bords du Rhin,

que Jacopo avait jugé le moment opportun,

et s'était déclaré.

Mais aux premiers mots, la jeune fille,

qui n'avait jusqu'alors ressenti pour l'Ita-

lien qu'une indifférence absolue, s'était

sentie tout à coup sentie saisie d'une aver-

sion insurmontable pour ce grand et gros

homme, rance et jaune, aux petits yeux de

taupe et à l'échine toujours sournoise-
ment ployée, et l'avait repoussé de toute
la force de cette aversion. Quant à Noireau
il aimait trop sa fille pour la contraindre
en quoi que ce fût.

Jacopo en fut donc pour ses frais de dé-
claration et de demande, et comptant sans
doute sur le temps, peut-être sur quelque
moyen plus efficace qu'il gardait en ré-
serve, pour changer à son égard les sentiments de la jeune fille, il parut prendre
philosophiquement son parti, n'en parla

plus et, Noireau parti, ne reparut plus à Saint-Mandé.

Les choses en étaient là le jour où nous trouvons Athénaïs, le front tristement appuyé aux vitres de sa fenêtre et soupirant comme soupire une jeune fille qui voit les années de sa jeunesse et de sa beauté s'écouler une à une sans espoir de pouvoir, avant qu'elles soient toutes passées, en consacrer quelques-unes au bonheur, et pourquoi ne pas le dire, à l'amour.

Depuis quatre jours surtout Athénaïs se

trouvait si malheureuse ! plus malheureuse

encore qu'elle n'avait jamais été.

C'est que quatre jours auparavant, il

était survenu dans sa vie, si monotone et

si triste, un événement dont elle n'appré-

ciait pas encore l'importance, et qui avait

produit dans son esprit, dans son cœur,

dans toute sa personne, l'effet que produit

une pierre soudainement lancée au milieu

d'un lac; il avait tout remué, tout troublé,

tout confondu.

C'était précisément quatre jours avant celui-là. Il faisait presque nuit.

Athénaïs avait encore, comme elle l'avait en ce moment, la tête appuyée contre la fenêtre, et laissait errer son regard triste et sombre sur les masses noires du bois qui fermaient l'horizon au-delà de la route conduisant à Paris.

Tout à coup la cloche de la grille d'entrée retentit, agitée avec violence, en même temps qu'un bruit de voix animées se faisait entendre au dehors.

Un domestique traversa la pelouse et alla ouvrir à ceux qui s'annonçaient d'une si bruyante façon.

Il paraît que le but de leur visite n'était pas du goût du valet, car refermant brusquement la porte, malgré les cris qui accueillirent cette manière peu polie de recevoir les gens, il revint en courant à la maison, et se présenta tout effaré devant sa maîtresse dont l'ennui s'était accroché à cet incident, et qui se hâta de lui demander ce que signifiait tout ce vacarme.

— Mademoiselle, répondit-il, ce sont des paysans qui ont trouvé un homme mort, ou peu s'en faut, sur la route, à une centaine de pas d'ici, et qui veulent à toute force l'apporter chez nous, sous prétexte qu'il n'y a pas de maison plus rapprochée. Je les ai bien reçus! Est-ce qu'ils prennent la maison pour un hospice! Je leur ai dit d'aller au diable s'ils le veulent et de nous laisser en paix.

— Et vous avez abandonné ce malheureux sans secours! s'écria Athénaïs indi-

gnée. Courez après ces gens, et ramenez-
les, je le veux !

— Mais, mademoiselle, essaya de répondre le domestique, en l'absence de votre
père...

— En l'absence de mon père, c'est moi
qui commande, répliqua la jeune fille avec
force. Si vous ne rejoignez pas ces gens et
ne les ramenez pas ici, je vous chasse.

Le valet partit au galop.

Au bout de quelques minutes il revint
précédant deux paysans qui portaient le

corps d'un jeune homme dont les vêtements souillés, et le sang qui s'échappait
d'une blessure à la tête, attestaient qu'il
venait de succomber à une lutte ou de
faire une chute violente. Il était sans connaissance.

Sur un signe d'Athénaïs, il fut déposé
sur le sofa du salon.

Dans ce mouvement, les longs cheveux
noirs qui voilaient à demi les traits du
blessé furent rejetés en arrière et décou-
vrirent, aux regards curieux de la jeune

fille, un beau et mâle visage auxquel sa

pâleur prêtait un charme de plus.

Ce visage était celui de France.

# CHAPITRE QUATRIÈME

# IV

La suite d'une chute.

L'introduction romanesque de France,
l'ex-lieutenant du capitaine Roland dans la
maison de la fille de Noireau, était due à la

circonstance la plus vulgaire et la moins poétique.

Le soir du sixième jour après son départ de Strasbourg, au moment d'entrer dans Paris, il chevauchait, bercé par le trot de son cheval de poste, et voyait flotter devant ses yeux à demi fermés par l'engourdissement produit par un froid fort vif, de vagues et flottantes espérances couronnées, dans une perspective indécise, par l'apparition d'une charmante tête de jeune fille, brune aux yeux bleus, qui lui souriait ten-

drement, lorsque tout à coup tout cela
disparut pour faire place à une sensation
de douleur aiguë, et il perdit le sentiment
de l'existence.

Son cheval avait rencontré dans la demi-
obscurité du soir qui s'épaississait déjà, un
monceau de pavés provenant de répara-
tions faites à la route en cet endroit, et
s'était abattu des quatre jambes en lançant
rudement son cavalier sur le sol.

Par bonheur, quelques jardiniers reve-
nant de leur travail l'aperçurent, le rele-

vèrent et le transportèrent dans la maison de Noireau, la plus rapprochée du point où était arrivé l'accident.

Athénais, après avoir généreusement récompensé les paysans de leur charitable service, se hâta d'envoyer chercher un médecin, et en attendant qu'on se fut acquitté de cet ordre, dont la position isolée de l'habitation rendait l'exécution assez longue, elle s'occupa activement de faire revenir à lui le blessé.

— Si jeune et si beau ! pensa involontairement la jeune fille, tout en lavant avec

de l'eau fraîche ses traits souillés de sang.

S'il allait mourir !...

Un soupir de pitié souleva sa poitrine

émue.

— Un autre bien faible lui répondit.

C'était France qui l'avait poussé.

En effet, ranimé par l'eau froide, France

revenait peu à peu à lui.

Enfin ses yeux s'ouvrirent et rencon-

trèrent le visage d'Athénais penché vers le

sien, et ses douces mains baignant sa blessure.

Il crut d'abord que c'était la continuation
du rêve qu'il faisait tout endormi sur sa
selle quand le malencontreux quadrupède
s'était abattu, et il les referma, mais une
vive douleur au front vint bientôt lui prouver qu'il était parfaitement éveillé, et que
tout ce qui se passait appartenait au do-
maine de la réalité et non à celui des
songes. D'ailleurs la figure qui couronnait
son rêve avait des cheveux noirs et des yeux

bleus, comme les beaux cheveux noirs et
les beaux yeux bleus de Jetta, tandis que
celle qu'il venait de voir lui apparaître
avait de magnifiques cheveux blonds et
des yeux noirs humides et brûlants à la
fois.

Il rouvrit donc les siens, et désormais
fasciné par la splendide beauté d'Athénais,
à laquelle une expression de tendre pitié
prêtait un charme irrésistible, il ne les referma plus.

La jeune fille se sentit tressaillir dans tout son corps sous l'étreinte admirative de ce regard.

— Comment vous trouvez-vous, monsieur? lui demanda-t-elle d'une voix tremblante, souffrez-vous beaucoup?

France eut bien envie de répondre affirmativement, pour profiter plus longtemps de cette apparition charmante qu'il craignait de voir s'évanouir, mais l'une de ses faiblesses était une extrême franchise, et comme en définitive il ne se sentait pas autrement de mal qu'une violente courbature

dans les membres et une cuisson assez

vive au front, il se contenta de dire, en

faisant un effort pour se mettre sur son

séant :

— Ma foi non. Il me semble seulement

que j'ai une légère égratignure à la tête.

— Une égratignnre ! s'écria Athénais,

qui, n'ayant jamais vu couler de sang, était

véritablement effrayée de l'état assez peu

alarmant du jeune homme; mais c'est une

horrible blessure que vous avez là.

France, étonné, porta la main à son front.

Il la retira pleine de sang.

— Diable ! fit-il, cherchant à rassembler ses idées encore un peu confuses ; comment cela m'est-il arrivé et comment me trouvè-je ici sur ce sofa, recevant de vous, que je n'ai jamais vue, des soins si charitables ? ajouta-t-il en reportant de nouveau un regard charmé sur la jeune fille, dont la poitrine battait à rompre son corsage. Ah ! parbleu ! je me rappelle ! je galoppais sur la route de Paris... il faisait sombre ; soudain,

il m'a semblé que la terre se dérobait sous

les pieds de mon cheval, je me suis senti

tomber et j'ai éprouvé aussitôt une douleur

violente. Le reste m'échappe.

— Vous étiez étendu sans connaissance

sur la route, s'empressa de dire Athénaïs,

autant pour dissimuler l'embarras mêlé d'un

plaisir indéfinissable qu'elle sentait l'enva-

hir, que pour expliquer au jeune homme la

raison de sa présence chez elle ; des pas-

sants vous ont aperçu dans cet état, et vous

ont apporté ici. J'ai envoyé chercher un

médecin, et bientôt vous allez recevoir des

soins mieux entendus que ceux que, dans

le premier moment, j'ai pu vous donner.

FIN DU TROISIÈME VOLUME.

# TABLE

DES CHAPITRES DU TROISIÈME VOLUME.

Wassy. — Imprimerie de Mougin-Dallemagne.

www.ingramcontent.com/pod-product-compliance
Lightning Source LLC
Chambersburg PA
CBHW070203030726
47505CB00006B/1564